Hamann/Schwab   Schwindel

D1723227

Professor Dr. med. Karl-Friedrich Hamann
Professor Dr. med. Werner Schwab

Schwindel

Wie er entsteht und wie er sich äußert /
Alarmzeichen für verborgene Krankheiten /
Untersuchung und Diagnose /
Behandlungsmöglichkeiten / Training gegen
Schwindel / Verhaltensratschläge

≡ **TRIAS** THIEME HIPPOKRATES ENKE

Anschrift der Autoren:

Prof. Dr. med. Karl-Friedrich Hamann
Leitender Oberarzt

Prof. Dr. med. Werner Schwab
Emerit. Direktor HNO-Klinik und
Poliklinik der Technischen
Universität München
Klinikum rechts der Isar
Ismaninger Straße 22
D-81675 München

Konzeption der Typographie:
B. und H. P. Willberg, Eppstein/Ts.

Umschlagzeichnung und
Textzeichnungen:
Friedrich Hartmann, Nagold

*Die Deutsche Bibliothek –
CIP-Einheitsaufnahme*

Hamann, Karl-Friedrich:
Schwindel: wie er entsteht und wie er
sich äußert / Alarmzeichen für
verborgene Krankheiten /
Untersuchung und Diagnose /
Behandlungsmöglichkeiten/Training
gegen Schwindel/Verhaltens-
ratschläge / Karl-Friedrich Hamann;
Werner Schwab. – 2., neu bearb. Aufl. –
Stuttgart: TRIAS – Thieme
Hippokrates Enke, 1995
NE: Schwab, Werner:

© 1989, 1995 Georg Thieme Verlag
Rüdigerstraße 14,
D-70469 Stuttgart.
Printed in Germany
Satz: Gulde-Druck GmbH, Tübingen
Druck: Gutmann, Talheim

ISBN 3-89373-308-6   1 2 3 4 5 6

Wichtiger Hinweis: Wie jede Wissenschaft ist die Medizin ständigen Entwicklungen unterworfen. Forschung und klinische Erfahrung erweitern unsere Erkenntnisse, insbesondere was Behandlung und medikamentöse Therapie anbelangt. Soweit in diesem Werk eine Dosierung oder eine Applikation erwähnt wird, darf der Leser zwar darauf vertrauen, daß Autoren, Herausgeber und Verlag große Sorgfalt darauf verwandt haben, daß diese Angabe **dem Wissensstand bei Fertigstellung des Werkes** entspricht.

Für Angaben über Dosierungsanweisungen und Applikationsformen kann vom Verlag jedoch keine Gewähr übernommen werden. **Jeder Benutzer ist angehalten,** durch sorgfältige Prüfung der Beipackzettel der verwendeten Präparate und gegebenenfalls nach Konsultation eines Spezialisten festzustellen, ob die dort gegebene Empfehlung für Dosierungen oder die Beachtung von Kontraindikationen gegenüber der Angabe in diesem Buch abweicht. Eine solche Prüfung ist besonders wichtig bei selten verwendeten Präparaten oder solchen, die neu auf den Markt gebracht worden sind. **Jede Dosierung oder Applikation erfolgt auf eigene Gefahr des Benutzers.** Autoren und Verlag appellieren an jeden Benutzer, ihm etwa auffallende Ungenauigkeiten dem Verlag mitzuteilen.

Vorwort zur 2. Auflage

Dieser Patientenratgeber wurde von Werner Schwab initiiert. Die 1. Auflage wurde von Karl-Friedrich Hamann und Werner Schwab gemeinsam verfaßt. Die Überarbeitung der 2. Auflage wurde von Karl-Friedrich Hamann eigenverantwortlich besorgt. Wir danken beiden Verfassern für ihre Mitarbeit

Der Verlag

Zu diesem Buch

Der »Schwindel« ist das in der Praxis des Allgemeinarztes am häufigsten geklagte Beschwerdebild.

Der Begriff Schwindel ist zunächst sehr vieldeutig. Er besitzt im Deutschen einen Doppelsinn, bedeutet er doch auch, daß jemand nicht die Wahrheit sagt. Schwindel selbst ist nicht eine Krankheit, sondern ein Alarmzeichen, hinter dem sich die Krankheiten verschiedener Organe verbergen können. Dabei geht der Begriff »Schwindel« auf eine alte deutsche Wortwurzel zurück, nämlich »schwinden«, also: wenn einem die Sinne schwinden. Aus heutiger Sicht handelt es sich aber nur um eine Sonderform des weiten Begriffes Schwindel.

Das Wort »Schwindel«, wie es allgemein benutzt wird, faßt alle unlustbetonten Störungen der räumlichen Orientierung zusammen. Im einzelnen fällt unter diesen Begriff eine ganze Palette von Beschwerden, die vom typischen Drehschwindel einerseits bis zu unklaren Kopfschmerzen andererseits reichen. Der Patient ist nicht immer in der Lage, seinen Schwindel präzise zu beschreiben. Er spürt aber, daß der bei ihm vorhandene Zustand bedrohlich werden kann; manchmal tritt auch Angst dabei auf. Dies ist häufig darauf zurückzuführen, daß dem Patienten das Verständnis für seine Beschwerden fehlt, zumal sehr unterschiedliche Krankheiten zu den verschiedenen Schwindelformen führen können.

Einige Beispiele von Patienten mögen dies verdeutlichen.

Erstes Beispiel:
Eine 44jährige Frau rief dringend den Notarzt, da bei ihr plötzlich ein heftiger Schwindel aufgetreten war, sie sich nicht mehr auf den Beinen halten konnte und erbrach. Die Patientin fühlte sich »sterbenskrank«. Der Notarzt erfuhr bei seiner Befragung, daß sich der Schwindel bei der Patientin als Drehschwindel bemerkbar gemacht hatte, darüber hinaus noch ein Ohrensausen und eine Schwerhörigkeit auf demselben Ohr aufgetreten waren. Somit konnte er die Verdachtsdiagnose einer MENIÈREschen Erkrankung stellen, die dann bei dem anschließenden Klinikaufenthalt bestätigt werden konnte.

In diesem Beispiel führte die klare Schilderung der Beschwerden zur richtigen Diagnose.

Zweites Beispiel:
Ein 53jähriger Mann stellte morgens beim Aufwachen fest, daß er sich unsicher fühlte und nicht mehr aufstehen konnte. Er wandte sich, da er Todesängste hatte, daraufhin an den Notarzt. Der herbeigerufene Arzt vermutete unter anderem auch einen Herzinfarkt, der sich jedoch nicht bestätigen ließ. Vielmehr ergab das ärztliche Gespräch mit dem Patienten, daß hier wiederum ein Drehschwindel vorlag, andere Krankheitszeichen von seiten des Ohres jedoch nicht vorhanden waren. Auch in diesem Fall wurde eine Einweisung in eine Klinik veranlaßt, wo schließlich die Diagnose eines Ausfalls des Innenohrgleichgewichtsapparates gestellt werden konnte.

Dieses Fallbeispiel zeigt, daß anfänglich die vom Patienten geklagten Beschwerden sehr unklar waren, dramatische Krankheitsbilder vortäuschen können und erst ein ausführliches Gespräch und eine gründliche Untersuchung die richtige Diagnose möglich machen.

Drittes Beispiel:
Eine 64jährige Patientin war plötzlich auf der Straße zusammengebrochen, woraufhin andere Passanten die Feuerwehr verständigten. Der Rettungswagen brachte einen Arzt mit, der die Patientin befragen konnte. Sie schilderte, daß ihr plötzlich »schwindelig« geworden und sie in sich zusammengesackt sei. Dann habe sie das Bewußtsein verloren. Es gehe ihr aber jetzt schon besser, der Schwindel sei nicht mehr vorhanden. Auch hier veranlaßte der Arzt die Einweisung in ein Krankenhaus, wo die ausführliche Untersuchung ergab, daß bei der Patientin Herzrhythmusstörungen vorlagen, die offensichtlich zu einer Mangeldurchblutung des Gehirns geführt und so das Zusammensinken der Frau ausgelöst hatten.

Auch in diesem Fall war zunächst das Wort »Schwindel« benutzt worden, aber in einem ganz anderen Sinn als in den beiden ersten. Hier war also nicht das Gleichgewichtsorgan selbst betroffen, sondern indirekt zentrale Strukturen der Körpergleichgewichtsregulation, ausgelöst durch eine Herzerkrankung.

Viertes Beispiel:
Eine 76jährige Frau suchte ihren Hals-Nasen-Ohren-Arzt auf, weil sie seit einigen Tagen über kurze Drehschwindelattacken klagte. Bei näherer Befragung durch den Arzt gab sie an, daß der Schwindel immer nur einige Sekunden dauerte und immer dann auftrat, wenn sie den Kopf bewegte. Besonders schlimm sei es vor dem Einschlafen, wenn sie sich noch einmal von der einen Seite auf die andere drehe. Nachdem der Arzt noch einige kurze Untersuchungen durchgeführt hatte, bei denen er bestimmte Lagerungen vornahm, kam er zu der Feststellung, daß die Patientin an einem sog. gutartigen Lagerungsschwindel litt.

Er empfahl ihr, ein bestimmtes Trainingsprogramm mit Lagerungsübungen durchzuführen. Tatsächlich wurde die Patientin innerhalb von zwei Wochen beschwerdefrei.

Auch in diesem Fall führte die genaue Schilderung der Beschwerden in Verbindung mit einer kurzen, gezielten Untersuchung zur Diagnose dieses im höheren Lebensalter recht häufigen Lagerungsschwindels.

Fünftes Beispiel:
Der Kontrabassist eines großen Orchesters bemerkte seit einigen Wochen, daß ihm beim Spielen seines Instrumentes immer häufiger »schwindelig« wurde. Er suchte zur genaueren Abklärung seiner Beschwerden seinen Hals-Nasen-Ohren-Arzt auf. Bei der ausführlichen Beschreibung seiner Beschwerden erfuhr der Arzt, daß sich der Schwindel als Schwäche- und Ohnmachtsgefühl äußerte.

Eine gründliche Untersuchung des Gleichgewichtsorgans ergab keinen krankhaften Befund.

Da der HNO-Arzt bemerkt hatte, daß sein Patient offensichtlich unter einem Angstschwindel litt, überwies er ihn an einen Nervenarzt. Dort wurde nach Bestätigung der Diagnose eine Psychotherapie eingeleitet.

In diesem Fall hatte der Schwindel keine organische Entsprechung im Gleichgewichts-Orientierungssystem. Die eigentlichen Beschwerden, die seelischer Natur waren, waren in das Orientierungssystem projiziert und mußten mit entsprechenden Mitteln behandelt werden.

Nach dem gegenwärtigen Stand der medizinischen Wissenschaft lassen sich die Ursachen der einzelnen Krankheiten, die zu Schwindelbeschwerden führen können, nicht immer feststellen; andererseits kann die Entstehung der Schwindelbeschwerden heutzutage gut erklärt werden, so daß sich daraus Behandlungskonzepte ableiten lassen.

Ein Ziel dieses Buches ist es, den Betroffenen mit der Problematik seines Leidens vertraut zu machen und ihm eine Einsicht in seine Krankheit zu ermöglichen. Die vorliegenden Seiten sollen dazu beitragen, daß der Patient in die Lage versetzt wird, seine Beschwerden genauer zu beschreiben. Auf diese Weise wird er den Arzt in seinem Bemühen unterstützen, die richtige Diagnose zu stellen.

Das Hauptziel dieser Broschüre besteht jedoch darin, dem Kranken die Verzweiflung über sein Leiden zu nehmen, ohne falsche Hoffnungen zu wecken, dafür aber realistische Lösungsmöglichkeiten für seine Probleme aufzuzeigen.

Das Gleichgewichtssystem

≡ Aufgaben und Organisation des Gleichgewichtssystems

Wenn ein Patient über Schwindel klagt, unabhängig von der Art des Schwindels, so bedeutet dies, daß in irgendeiner Weise Funktionen des Orientierungs-Gleichgewichtssystems gestört sind. Allerdings ist das Orientierungs-Gleichgewichtssystem nicht ein einheitliches Organ wie etwa die Leber oder die Nieren, sondern ein kompliziertes Gefüge, das unter Beteiligung verschiedener Sinnesorgane arbeitet. Es erfüllt also nicht nur eine einzige Aufgabe, sondern drei wesentliche Einzelfunktionen.

Das Gleichgewichtssystem erfüllt drei Hauptaufgaben:
– bewußte Orientierung im Raum
– Steuerung der Augenbewegungen
– Regulation des Körpergleichgewichts und gezielter Körperbewegungen

Zum einen leistet das Gleichgewichtssystem einen Anteil an der Orientierung im Raum, also an einem bewußten Vorgang. Unter normalen Bedingungen kommt dieser Mechanismus nicht zur Geltung, sondern erst unter sehr starken Reizen wie beispielsweise beim Karussellfahren. Ganz deutlich wird dieser bewußte Teil des Gleichgewichtssystems im Krankheitsfall, wenn Schwindelbeschwerden auftreten.

Zum anderen nimmt das Gleichgewichtssystem an der Steuerung der Augenbewegungen teil. Da diese Aufgabe als Reflex abläuft, wird sie vom gesunden Menschen nicht bemerkt. Gerade aber bei Erkrankungen, die mit Schwindel einhergehen, spielt die gestörte Regulation der Augenbewegungen für die Krankheitserkennung eine bedeutende Rolle, wie noch später im einzelnen gezeigt werden wird.

Und schließlich ist das Gleichgewichtssystem an so wichtigen motorischen Aufgaben wie an der Aufrechterhaltung des Körpergleichgewichts und an der Durchführung von gezielten Körperbewegungen beteiligt.

Keine dieser Aufgaben wird von *einem* Sinnesorgan allein erfüllt. Vielmehr handelt es sich um ein kompliziertes System, das nur dank eines fein abgestimmten Zusammenspiels zwischen verschiedenen Sinnessystemen funktioniert.

Bei der Regulation des Gleichgewichtes arbeiten drei Sinnesorgane zusammen:
– Innenohrgleichgewichtsapparat (Vestibularapparat)
– Auge
– Körpereigenfühler (Propriozeptoren).

Es sind hauptsächlich drei Sinnesorgane, die bei der Regulation des Gleichgewichtssystems zusammenwirken: der Gleichgewichtsapparat des Innenohres, das Auge und die Körpereigenfühler, also Tiefensinn und Tastsinn in Muskeln, Sehnen und Gelenken. Alle diese »Sensoren« liefern ihre Meldungen an bestimmte Strukturen im Gehirn. Die wichtigste Rolle spielen dabei Schaltzentren im Hirnstamm, in denen diese

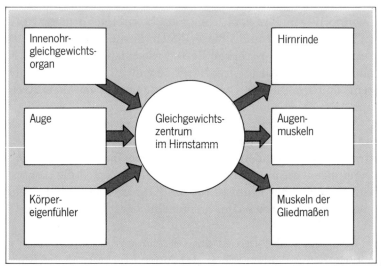

Abb. 1   Schematische Darstellung des Gleichgewichts-Koordinationszentrums mit seinen Sinnesorganen und Zielorganen

unterschiedlichen Informationen zusammenlaufen, bewertet, verarbeitet und an die ausführenden Organe weitergeleitet werden (Abb. 1).

Die Zielorgane des Gleichgewichtssystems sind:
- Hirnrinde
- Augenmuskeln
- Körpermuskeln.

Zu den Zielorganen zählen bestimmte Zonen der Hirnrinde, in der das bewußte Erleben, also auch das Schwindelerleben, lokalisiert ist, ferner die äußeren Augenmuskeln, die die Bewegungen der Augäpfel bewerkstelligen, und natürlich die Muskeln der Gliedmaßen, die für die Körperhaltung und Körperbewegung zuständig sind (Abb. 1).

Das Zusammenwirken all dieser Systeme muß sehr präzise erfolgen. Die entscheidende Struktur für die Informationsaufnahme aus den Sinnesorganen, die Informationsverarbeitung und die Informationsweitergabe sind bestimmte Schaltzentren im Hirnstamm, die »Kerne des Gleichgewichtssystems« (Abb. 1).

≡ Das Innenohrgleichgewichtsorgan und seine zentralen Bahnen

Das menschliche Ohr ist Träger der Hör- und Gleichgewichtsorgane. Die Kenntnis der anatomischen Verhältnisse ist unerläßliche Voraussetzung für das Verständnis seiner Funktion, seiner Funktionsprüfungen und seiner Störungen.

Man unterscheidet beim Ohr einen peripheren und einen zentralen Abschnitt.

Zum peripheren Anteil zählt neben dem äußeren Ohr und dem Mittelohr, die beide nur der Hörfunktion dienen, das Innenohr, wo die für das Hören zuständige Schnecke mit dem Gleichgewichtsapparat (Vestibularapparat) liegt. Wegen der komplizierten anatomischen Verhältnisse nennt man diesen Teil des Felsenbeins auch das Labyrinth.

Der knöcherne Teil des Labyrinthes (knöcherne Schnecke, knöcherner Vorhof mit den Bogengängen in den drei Ebenen des Raumes) ist mit einer Flüssigkeit (Perilymphe) ausgefüllt, die in ihrer Zusammensetzung dem Hirnwasser ähnelt. Die wesentlichen Teile des häutigen Labyrinthes (häutige Schnecke, Vorhofsäckchen und die drei häutigen Bogengänge) passen sich dem knöchernen Hohlraum an und stellen ein ebenfalls von Flüssigkeit (Endolymphe) gefülltes Schlauchsystem dar.

Die peripheren Endorgane des Gleichgewichtsorgans liegen zum einen in den häutigen Endolymphsäckchen des Vorhofes, zum anderen in den Auftreibungen der häutigen Bogengänge. Beide Teile des peripheren Endorgans finden ihre Fortsetzung in den Nervenfasern des VIII. Hirnnervs.

Das Innenohr besitzt Fühler für Drehbewegungen = Bogengänge und für geradlinige Bewegungen = Vorhofsäckchen.

Die in den Bogengängen liegenden Fühler für Drehreize werden bei jeder Kopfbewegung aktiviert, bei Kopfstillstand jedoch nicht. Daneben liegen noch die Vorhofsäckchen, die mit den Ohrsteinchen gefüllt sind. Sie sind für die geradlinigen Beschleunigungen empfindlich. Anders als die Bogengänge unterliegen sie immer einem Reiz, da wir ständig der Erdanziehung ausgesetzt sind. Nur im Zustand der Schwerelosigkeit wie im Weltraum erhalten diese Fühlorgane keinen Reiz, was zu Verwirrungen im gesamten Gleichgewichtssystem führt: der Raumfahrerkrankheit.

Die im Vorhof des Innenohres gelegenen Organe leiten die von ihnen aufgenommenen Informationen über feine Nervenfasern, die sich zum Gleichgewichtsnerv vereinigen, weiter. Dieser läuft zusammen mit dem Hörnerv durch einen kleinen knöchernen Kanal ins Gehirn, genauer gesagt, in den Hirnstamm. Dort liegen die für das Gleichgewichtssystem zuständigen Zentren, in denen sich die Informationen aus dem Gleichgewichtsapparat des Innenohres mit denen des Auges und der Körpereigenfühler treffen (Abb. 1 u. 2).

Das Ergebnis der Informationsverarbeitung wird über verschiedene Nervenbahnen an die Erfolgsorgane weitergegeben. Entsprechend den verschiedenen Funktionen, an denen das Gleichgewichtsorgan beteiligt ist, ziehen Nervenfasern zu den Zentren für Augenbewegungen, zu Nervenkernen im Vorderhorn des Rückenmarks für die Regulation von Muskelbewegungen und über einige Schaltstationen zur Hirnrinde, wo das bewußte Empfinden lokalisiert ist.

Darüber hinaus steht das Koordinationszentrum im Hirnstamm mit anderen Hirnstrukturen in einem regen Informationsaustausch. Wegen ihrer besonderen Bedeutung sind die Verbindungen zum Kleinhirn, wo die Feinmotorik geregelt wird, und zu vegetativen Zentren, wo die gefühlsmäßige Belegung von Empfindungen stattfindet, hervorzuheben.

Die Kenntnis dieser Verschaltungen vermittelt uns das Verständnis für das Funktionieren des Gleichgewicht-Orientierungssystems sowie für die Entstehung der typischen Krankheitszeichen.

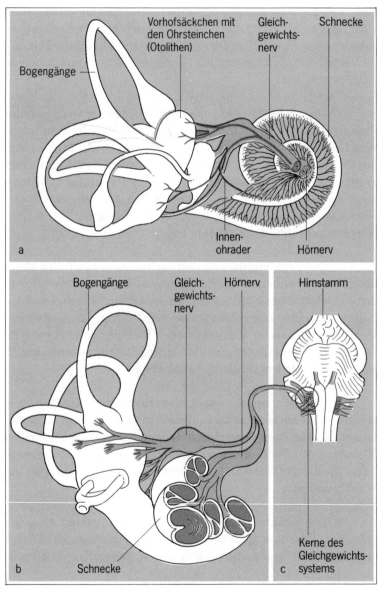

Abb. 2   Anatomie des Innenohres und seiner zentralen Bahnen
a) peripheres Gleichgewichtsorgan, b) Verbindungen des Gleichgewichtsorgans zu
seinen Zentren, c) zentrales Gleichgewichtssystem

≡ Das Auge

Das Auge erkennt Bewegungen von Blickzielen.

Neben dem Erkennen von ruhenden Sehobjekten wie beispielsweise beim Lesen hat das Auge auch die Aufgabe, *Bewegungen* von Blickzielen zu erkennen. Dies geschieht immer dann, wenn sich ein Gegenstand vor dem ruhenden Auge bewegt. Wenn man den Kopf samt Auge bewegt, die Umgebung aber stillsteht, entsteht zwar für das Auge ein Bewegungseindruck auf der Netzhaut, der objektiv jedoch falsch ist. In diesem Fall arbeiten das Auge und der Gleichgewichtsapparat des Innenohres, der bei einer Kopfdrehung mitgereizt wird, zur Erkennung der Eigenbewegung des Kopfes zusammen. Das Sehen unterstützt also mit den über das Auge aufgenommenen Bewegungsinformationen das Regulationssystem für die Raumorientierung, die Steuerung der Augenbewegungen und auch die Steuerung von Körperhaltung und Körperbewegung.

Biologisch wichtig ist es, auch nach einer schnellen Kopfbewegung sofort wieder richtig fixieren zu können, also ein Blickziel klar zu erkennen. Hier wird die Zusammenarbeit zwischen Gleichgewichtsorgan und Auge durch reflektorische Verbindungen wirksam. Denn Menschen ohne Innenohrgleichgewichtsapparat können mit den Augen allein nur schlecht fixieren, es kommt zum Schwanken und Verschwimmen der Bilder bei Kopfbewegungen. So ist die typische Beschwerde eines solchen Patienten, daß er beim Blick auf die Bahnhofsuhr eine Weile warten muß, bis sich das verschwommene Bild so stabilisiert, daß er die Zeit ablesen kann.

Wie man heute weiß, sind die im Hirnstamm gelegenen Zentren der Ort, wo die Informationen aus dem Gleichgewichtsapparat mit den Informationen des Auges zusammentreffen. Bei der Erfüllung ihrer Aufgaben ergänzen sich beide Organe. Dies wird an einfachen Beispielen deutlich. So kann jeder an sich selbst die Erfahrung machen, daß er mit geschlossenen Augen sich nicht nur unsicher fühlt, sondern tatsächlich auch stärker schwankt.

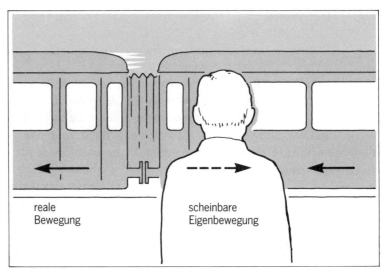

reale
Bewegung

scheinbare
Eigenbewegung

Abb. 3   Schematische Darstellung der Scheinbewegung, wie sie bei unbewegtem Beschauer
und abfahrendem Zug auftritt

Es gibt aber auch Situationen, in denen Konflikte zwischen den Meldungen aus *beiden* Sinnesorganen auftreten. Wer hat nicht schon einmal bei einer Zugreise das Gefühl kennengelernt, daß sich der eigene Zug in Bewegung setzt, obwohl in Wirklichkeit der Zug auf der gegenüberliegenden Seite angefahren ist? In diesem Fall hat das Auge, das eine Bewegung meldet, das Innenohrgleichgewichtsorgan überspielt, wenn keine zusätzlichen Informationen vorliegen. Denn der Gleichgewichtsapparat kann, da ja keine Kopfbewegung stattfindet, nur Stillstand melden. Der vom Auge registrierte Bewegungsreiz wird an die im Hirnstamm liegenden Zentren weitergemeldet, dort aber falsch interpretiert (Abb. 3).

Daß vom Auge aufgenommene Bewegungen sogar zu Veränderungen der eigenen Körperhaltung führen, ist den Zuschauern in Kinos mit einer Großraumleinwand bekannt. Werden auf der Leinwand Bewegungen wie beispielsweise eine Achterbahnfahrt gezeigt, so nimmt auch der Zuschauer unwillkürlich eine Körperhaltung ein, als ob er selbst in diesem Wagen säße.

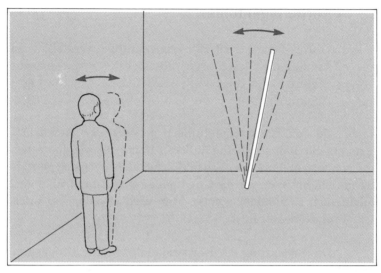

Abb. 4   Schematische Darstellung des Versuches von DE WIT: Eine im Dunkeln schwankende
          Leuchtstange löst beim Betrachter Körperschwankungen aus

Professor DE WIT aus Amsterdam hat diese alltägliche Erfahrung auch in einem Experiment nachvollziehen können. Versuchspersonen hatten die Aufgabe, auf eine senkrecht stehende Leuchtstoffröhre in einem sonst völlig abgedunkelten Raum zu schauen. Wurde nun diese Leuchtstoffröhre wie ein Pendel in Bewegung gesetzt, so traten auch bei den Versuchspersonen entsprechende Körperschwankungen auf (Abb. 4).

Alle diese Beispiele zeigen, daß auch das Auge eine wichtige Informationsquelle für das gesamte Gleichgewichtssystem darstellt.

≡ Körpereigenfühler

Unter dem Begriff Körpereigenfühler versteht man all jene
Fühlorgane (Rezeptoren), die über den Spannungszustand, die
Stellung oder die Länge von Muskeln, Sehnen und Gelenken
Auskunft geben.

Zu den Körpereigenfühlern gehören der Tiefensinn und der
Tastsinn. Sie nehmen keine äußeren Reize auf wie das Auge oder das
Ohr, sondern melden nur, was im Körper selbst vor sich geht. Über diese
Organe erfährt man, wie die Gliedmaßen zum Rumpf, aber auch, wie die
Gliedmaßen zueinander stehen. Man wird also darüber informiert, ob
man steht, sitzt oder liegt.

Die Bedeutung der Körpereigenfühler für das gesamte Gleichgewichtssystem ist so groß, daß dank ihrer Funktion ein Patient trotz
vollständigen Verlustes des Innenohrgewichtsapparates und trotz ge-
schlossener Augen noch stehen und – mit geringen Schwierigkeiten –
sogar weiterhin laufen kann.

Die Körpereigenfühler arbeiten überwiegend unbewußt auf der
Grundlage von Reflexen, auch sie liefern Informationen für das Gesamtsystem der Gleichgewichtsregulation. Sie treten in den schon erwähnten
Zentren des Hirnstammes mit Informationen vom Innenohrgleichgewichtsapparat und vom Auge in Verbindung.

Wie entsteht eigentlich
das Schwindelgefühl?

Wir haben dargestellt, daß das gesunde Gleichgewichtssystem nur dann richtig funktioniert, wenn die Meldungen aus dem Innenohrgleichgewichtsorgan, dem Auge und den Körpereigenfühlern zu den Gleichgewichtszentren geleitet, dort abgestimmt werden und das Ergebnis dieser Verarbeitung den Erfolgsorganen vermittelt wird mit dem Ziel, sinnvolle Reaktionen auszuführen (Abb. 1). Was geschieht aber nun, wenn eines der Meldesysteme erkrankt ist oder sogar das Gleichgewichtszentrum im Gehirn selbst?

Die fehlenden oder verfälschten Informationen stören den sehr genau eingestellten Mechanismus der Informationsverarbeitung. Das Ergebnis dieser Störung wird auch an die Hirnrinde weitergeleitet, wo die widersprüchlichen Informationen als »Schwindelgefühl« ins Bewußtsein treten. Der Organismus erhält also ein Alarmsignal, das ihn auf eine Störung im Gleichgewichts-Orientierungssystem hinweist. Der Mensch wird dadurch in die Lage versetzt, Gegenmaßnahmen einzuleiten.

Natürlich wirkt sich die fehlerhafte Informationsverarbeitung im Hirnstamm nicht nur auf die Hirnrinde aus, sondern auch auf die anderen Zielorgane. Im Bereich der Augenbewegungen entstehen unwillkürliche Augenrucke (Nystagmen). Die Folge ist, daß das Auge ein Blickziel nicht mehr ruhig fixieren kann; es entstehen Scheinbewegungen. Auch die Muskeln der Gliedmaßen werden ungleichmäßig aktiviert. Der Mensch kann nicht mehr geradestehen, er schwankt oder fällt sogar um.

Es ist klar ersichtlich, daß gemäß dem Bauplan des Gleichgewichtssystems die eigentliche Ursache für Störungen zwar in peripheren Sinnesorganen liegen kann, die Entstehung für die vom Patienten bemerkten Beschwerden, vor allem auch das Schwindelgefühl, jedoch immer auf eine Informationsverarbeitungsstörung in den Zentren des Hirnstammes zurückzuführen ist.

Schwindel *entsteht* immer im Gehirn, auch wenn die *Ursache* peripher liegt (außerhalb des Zentralnervensystems). Schwindel ist letztlich das Ergebnis einer Informationsverarbeitungsstörung im Gehirn.

Alle diese durch moderne wissenschaftliche Erkenntnisse abgesicherten Feststellungen bedeuten auch, daß Schwindel – und das erklärt seine verschiedenen Erscheinungsformen – nicht nur durch Erkrankungen des Innenohrgleichgewichtsorgans hervorgerufen sein kann, sondern auch durch Erkrankungen der Augen und der Körpereigenfühler.

So kennt jeder Brillenträger das Gefühl der Unsicherheit (»Schwindel«) nach einer nicht korrekten Brillenanpassung. Auch der Nichtbrillenträger kann den »Augenschwindel« kennenlernen, wenn er einmal eine Brille aufsetzt. Wer nachempfinden will, wie der erkrankte Tiefensinn Schwindel erzeugen kann, der muß sich nur einmal auf eine halbaufgeblasene Luftmatratze stellen.

Darüber hinaus können natürlich auch die Verarbeitungszentren selbst krankheitsbedingt gestört sein. Die daraus entstehenden Fehlverarbeitungen führen zu Schwindel und anderen »zentralen« Krankheitszeichen.

Selbst wenn der Begriff Schwindel sehr allgemein ist und viele Facetten trägt, weist er immer auf eine Störung im Koordinationssystem für Orientierung, Augenbewegungen und Körpermotorik hin. Dabei ist es zunächst unerheblich, ob die Erkrankung im peripheren Organ sitzt oder in zentralen Hirnstrukturen. Vielmehr ist entscheidend, daß sich der Beschwerdekomplex Schwindel auf einen gemeinsamen, grundsätzlichen Vorgang zurückführen läßt: eine mangelhafte Verarbeitung von Sinnesreizen im Gehirn.

Schon hier sei angemerkt, daß die im Gehirn bestehende Vermaschung von Nervenbahnen zu verwirrend erscheinenden Zusammenhängen führt. Dies birgt aber den Vorteil in sich, als Ansatzpunkt für eine Behandlung von Schwindelerkrankungen genutzt zu werden.

Untersuchungen beim Arzt

Im allgemeinen wendet sich der Patient, wenn er unter Schwindelbeschwerden leidet, an seinen Hausarzt oder direkt an einen Hals-Nasen-Ohren-Arzt, manchmal auch an einen Nervenarzt oder einen Internisten. Hier sollen alle die Verfahren dargestellt werden, die zu einer gründlichen Untersuchung des Gleichgewichtssystems im engeren Sinne beim HNO-Arzt oder Neurologen gehören. Auf die Methoden, die von den anderen Fachärzten benutzt werden, wird nur in besonderen Fällen hingewiesen.

Patienten mit Schwindelerscheinungen haben Anspruch darauf, daß man ihre Beschwerden ernst nimmt – können sich doch auch bedrohliche Krankheiten dahinter verbergen –, sie richtig einschätzt, daß man die zur Verfügung stehenden diagnostischen Möglichkeiten voll einsetzt und daß man die Patienten entsprechend therapiert, so daß sie in den meisten Fällen beschwerdefrei werden.

≡   Analyse der Schwindelbeschwerden

Die Untersuchung eines Schwindelkranken beginnt mit dem ärztlichen Gespräch, das mehr als bei anderen Beschwerdekomplexen zur Diagnose beitragen kann. Die Beschreibung der *Art* der Schwindelbeschwerden und ihres *Zeitverlaufs* sowie der Begleitumstände gibt entscheidende Hinweise auf die verursachende Krankheit. Welche Gesichtspunkte sind bei der Analyse von Schwindelbeschwerden zu berücksichtigen?

Entscheidend für die Beurteilung von Schwindelbeschwerden ist die Beschreibung von Art und Zeitverlauf.
Der vielschichtige Begriff »Schwindel« scheint sich zunächst einer einfachen Definition zu entziehen. Wenn man aber den Patienten entsprechend ausführlich und gezielt befragt, lassen sich auch verschiedenartige subjektive Empfindungen in ein Schema einordnen.

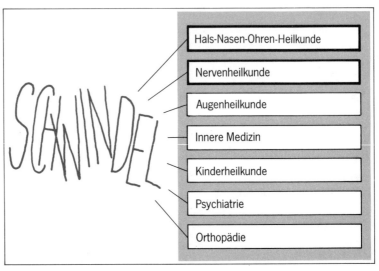

Abb. 5   Übersicht über die medizinischen Disziplinen, in denen Schwindelbeschwerden auftreten können

Das Wort »Schwindel« ist fürs erste ein sehr ungenauer Begriff, bezeichnet er doch zunächst einmal alle mit Unlust verbundenen Gefühle einer gestörten Orientierung im Raum. Schwindel ist auch die Empfindung des gestörten Körpergleichgewichts, die oft einhergeht mit vegetativen Erscheinungen wie Übelkeit, Herzklopfen, Schweißausbrüchen und Erbrechen. Hinter diesem zunächst so unklaren Beschwerdebild können sich aber Krankheiten aus ganz verschiedenen ärztlichen Disziplinen verbergen (Abb. 5).

Eine grobe, aber ganz wichtige Trennung der Schwindelbeschwerden besteht darin, zwischen denen mit scheinbarem Bewegungseindruck und denen ohne Bewegungsgefühl zu unterscheiden. Man nennt deshalb Schwindelgefühle mit Scheinbewegungen den systematischen Schwindel, die anderen den unsystematischen Schwindel.

Systematischer Schwindel

Der Begriff »systematischer Schwindel« faßt alle Schwindelgefühle zusammen, bei denen der Patient über Scheinbewegungen klagt.

Dabei spielt es keine Rolle, ob er das Gefühl hat, sich selbst zu bewegen, oder ob sich die Umwelt scheinbar bewegt. Allen Formen des systematischen Schwindels ist gemeinsam, daß ihre Ursache meist in einer Störung des Innenohrgleichgewichtsapparates oder seiner direkten Verbindungen zum Gehirn liegt.

Die wichtigste Form des systematischen Schwindels ist der Drehschwindel. Das Gefühl, selbst heftig gedreht zu werden oder ein Drehgefühl der Umgebung, wird als äußerst unangenehm empfunden und ist meist mit Begleiterscheinungen wie Übelkeit bis hin zum Erbrechen verbunden.

Andere Formen des systematischen Schwindels sind Scheinbewegungen der Umgebung, die sich im allgemeinen in einer bestimmten Ebene abspielen. Beim Schwankschwindel empfindet der Betroffene, daß der Boden unter ihm schwankt oder sich bewegt. Mit dem Liftgefühl ist die Empfindung des »Versinkens ins Bodenlose« verbunden. Die Lateropulsion, also das »Gefühl, nach einer Seite gezogen zu werden«, macht sich gewöhnlich erst bei aktiver Bewegung bemerkbar.

Selbst wenn das Vorhandensein eines systematischen Schwindels auf eine Erkrankung des Gleichgewichtssystems im engeren Sinn hinweist, erlaubt die Feststellung eines Dreh- oder Schwankschwindels noch nicht die direkte Zuordnung zu einer bestimmten Krankheit.

Bei der Einordnung der Schwindelbeschwerden richten sich viele Ärzte nach dem FRENZEL-Schema (Abb. 6).

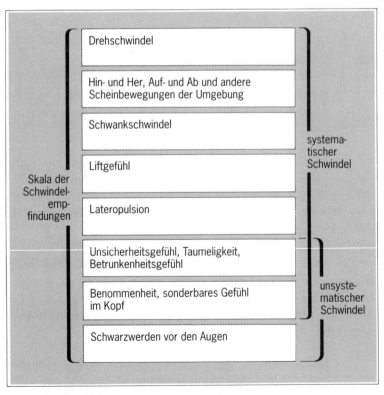

Abb. 6   FRENZEL-Schema zur Klassifizierung von Schwindelbeschwerden

Unsystematischer Schwindel

Zum unsystematischen Schwindel gehören alle Beschwerden, die nicht mit einer eindeutigen Scheinbewegung einhergehen.

Unsicherheitsgefühl, Taumeligkeit und Betrunkenheitsgefühl kennzeichnen den unsystematischen Schwindel, ebenso wie das Benommenheitsgefühl.

Alle diese Beschwerden, anfangs vom Patienten nur als »Schwindel« bezeichnet, deuten darauf hin, daß in irgendeiner Weise das Orientierungssystem betroffen ist, ohne daß es das Gleichgewichtssystem im engeren Sinne sein muß.

Wie wir bereits erfahren haben, wirken auch das optische System und das System der Körpereigenfühler an der Regulation des Gleichgewichts mit, so daß auch von dieser Seite Beschwerden, aber dann eben ganz andere, auftreten können. So liegt es nahe, einen Schwindel, der beim Schließen der Augen verschwindet, auf eine Störung im optischen System zurückzuführen. Die Klage, daß ein Unsicherheitsgefühl nur beim Gehen oder beim Stehen auftritt, oder das Gefühl, wie auf Watte zu laufen, führen zu dem Verdacht, daß hier der Tiefensinn gestört ist.

Eine ganz charakteristische Beschwerde aus dem Bereich des unsystematischen Schwindels stellt das »Schwarzwerden vor den Augen« dar, vor allem, wenn es beim schnellen Aufstehen bemerkt wird. Dann handelt es sich mit hoher Wahrscheinlichkeit um ein Problem der Kreislaufregulation. Auch ein unerwartetes, plötzliches Hinfallen ist als Hinweis auf eine Herz-Kreislauf-Erkrankung mit Durchblutungsstörung zu werten.

Kommt es während des Schwindels zum Bewußtseinsverlust, besteht der dringende Verdacht auf einen epileptischen Anfall.

In den meisten Fällen können Fragen nach den Begleitumständen des Schwindels den Weg zur richtigen Diagnose weisen.

Aber die Feststellung eines unsystematischen Schwindels erlaubt ebenfalls nur Hinweise auf Krankheitsbilder, jedoch keine eindeutigen Zuordnungen. Weitere Untersuchungen zur Bestätigung einer Verdachtsdiagnose sind unbedingt erforderlich.

▬ Zeitverlauf der Beschwerden beim systematischen Schwindel

Der zeitliche Ablauf der Schwindelerscheinungen beim systematischen Schwindel ist oft schon so charakteristisch, daß die nachfolgenden neurootologischen Funktionsuntersuchungen meist die Verdachtsdiagnose bestätigen.

Man unterscheidet drei Zeitmuster von Schwindelzuständen:
– den Anfallschwindel,
– den Dauerschwindel,
– den Sekundenschwindel bei Kopfbewegungen.

Diesen 3 Gruppen wird ein bestimmter zeitlicher Ablauf zugeordnet. Zum Anfallschwindel gehört, daß er jeweils Minuten bis Stunden dauert. Der Dauerschwindel hält Tage bis Wochen an, der Lagerungsschwindel nur Sekunden oder Sekundenbruchteile.

Der Anfallschwindel ist am leichtesten von allen Schwindelverläufen abzugrenzen. Der Begriff »Anfall« enthält bereits das An- und Abschwellen, den stürmischen Verlauf und den Ausklang. Bemerkenswert sind die unregelmäßigen Abstände, die verschiedene Stärke der Anfälle sowie die schwindelfreien Intervalle. Dabei tritt die Attacke meist schlagartig – sozusagen aus heiterem Himmel – auf. Dieser Anfallschwindel ist kennzeichnend für den Morbus MENIÈRE mit der klassischen Symptomentrias: Schwindel, Hörstörung und Ohrgeräusche (S. 55 ff.).

Tritt dagegen ein systematischer Schwindel ohne andere Krankheitszeichen ganz plötzlich und heftig auf mit einem langsam abklingenden Beschwerdeverlauf, dann spricht dies eindeutig für einen Ausfall eines Gleichgewichtsapparates, meistens aufgrund einer Verletzung oder einer Durchblutungsstörung (Abb. 7). Kennzeichnend für die-

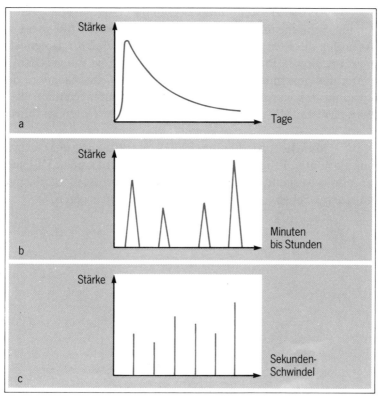

Abb. 7   Schema zur Einordnung von Schwindelbeschwerden nach zeitlichen Gesichts-
          punkten

ses Krankheitsbild ist, daß es ohne Beteiligung des Hörorgans auftritt. Der Schwindel setzt aus voller Gesundheit mit Übelkeit und Erbrechen ein und ist für den Betroffenen ein dramatisches Krankheitserlebnis. Häufig kommen die Patienten zunächst zum Internisten unter dem Verdacht etwa eines Herzinfarktes.

Auch die Klage, daß die Schwindelbeschwerden nur ganz kurz, manchmal nur Sekunden oder Sekundenbruchteile lang beim Hinlegen oder beim Umdrehen im Liegen, auftreten, weist auf eine bestimmte Krankheit hin: den gutartigen (benignen paroxysmalen) Lagerungs-schwindel. Dieses Krankheitsbild hat nach heutigem Wissensstand eine mechanische Ursache im Gleichgewichtsapparat (Abb. 7).

An dieser Stelle muß nochmals betont werden, daß zwar die genaue Schilderung der Schwindelbeschwerden und ihres zeitlichen Verlaufes die Richtung zur Diagnose weist, daß die Diagnostik jedoch nicht an diesem Punkt stehenbleiben darf. Erst die vertiefte Untersuchung des gesamten Gleichgewichtssystems, insbesondere des Innenohrapparates, der Augen und anderer beteiligter Systeme wie auch des Herz-Kreislauf-Systems, kann zur endgültigen Diagnose führen.

Manche Ärzte benutzen zur Unterstützung des Gespräches mit dem Patienten Fragebögen. Sie sollten aber auf keinen Fall vom Patienten allein ausgefüllt werden, da aufschlußreiche Bemerkungen durch ein starres Schema verlorengehen (siehe Fragebogen S. 33).

Fragebogen bei Schwindelbeschwerden

Patient: _____

Anmerkungen: Vorliegen einer Herzerkrankung: _____

Arterieller Blutdruck: _____

Rauchgewohnheit: _____

Alkoholkonsum: _____

Zusatzfragen: Haben Sie im Verlauf der letzten Jahre   _____

                 eine Schädelverletzung erlitten?   _____

                 Welche Medikamente haben Sie   _____

                 in der letzten Zeit eingenommen?   _____

1. Haben Sie beim Schwindel ein Drehgefühl?

    Wie beim Walzertanzen? _____

2. Schwankt die Umgebung oder der Boden?

    Hin und her _____

    Auf und ab _____

3. Glauben Sie, nach einer bestimmten Stelle zu fallen?

4. Glauben Sie, wie im Fahrstuhl auf- und abzufahren?

5. Haben Sie ein Benommenheitsgefühl im Kopf?

6. Flimmert es Ihnen vor den Augen?

7. Wird Ihnen beim Aufstehen schwarz vor Augen, so als ob Sie ohnmächtig würden?

8. Wie lange dauert der Schwindel?

    Sekunden _____

    Minuten _____

    Stunden _____

    Tage _____

9. Wiederholt sich der Schwindel?

    Wenn ja, wie oft? _____

10. Ist der Schwindel abhängig vom Hinlegen oder Aufstehen?

11. Tritt der Schwindel auf, wenn Sie den Kopf drehen?

12. Treten zusammen mit dem Schwindel Ohrgeräusche oder Schwerhörigkeit auf?

13. Läuft Ihnen manchmal Flüssigkeit aus den Ohren?

(nach K.-F. Hamann)

≡ Untersuchungen der Augenbewegungen

Nach der genauen Analyse der Schwindelbeschwerden, die ja *subjektiv* sind, wird der Arzt versuchen, *objektive* Zeichen einer Störung im Gleichgewichtssystem zu finden. Es war bereits erwähnt worden, daß bei Kopfbewegungen das Innenohrgleichgewichtsorgan an der Erfassung von Blickzielen entscheidend beteiligt ist. Dieser Vorgang ist ein schneller Reflex, er läuft unbewußt ab. Ist das Gleichgewichtsorgan aber krankheitsbedingt geschädigt, so wirken sich die Folgen auch auf die Augenstabilisierung und die Augenbewegungen aus. Sie sind vom Patienten selbst nicht zu beeinflussen und stellen damit einen objektiven Zugang zum Gleichgewichtssystem dar.

═ Spontane Krankheitszeichen

Das typische und wichtigste Zeichen einer Störung im Gleichgewichtssystem überhaupt ist das Auftreten von rhythmischen Augenrucken, die als Nystagmus bezeichnet werden.

NYSTAGMUS = eine Folge von unwillkürlichen Augenrucken mit einer langsamen und einer schnellen Phase.

Man versteht unter Nystagmus das langsame Abweichen der Augen nach einer Seite mit einem schnellen Gegenruck. Es handelt sich nicht um ein einmaliges Ereignis, sondern um eine ständige Wiederholung der langsamen und der schnellen Augenbewegungen. Die Richtung des Nystagmus wird nach seiner besser erkennbaren schnellen Phase angegeben (Abb. 8).

Zunächst wird der Arzt versuchen, ob er bereits durch genaue Betrachtung ohne Hilfsmittel solche Nystagmen beim Patienten entdecken kann. Dann prüft er, ob die Augen einem Blickziel, beispielsweise seinem Finger, glatt folgen können oder ob bei bestimmten Blickrichtungen unwillkürliche Augenrucke auftreten.

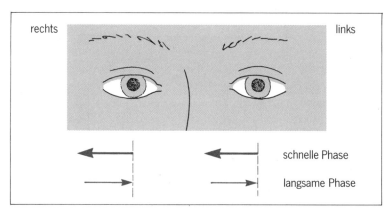

Abb. 8   Benennung des Nystagmus, hier am Beispiel eines Rechtsnystagmus

Zur Vertiefung der weiteren Diagnostik benutzt er eine Lupenbrille (Abb. 9, s. S. 36), die einen eventuell vorhandenen Nystagmus besser hervortreten läßt. Diese Lupenbrille hebt einen vom Auge selbst auf die Nystagmen ausgeübten Unterdrückungsmechanismus auf. Das Auge kann wegen der hellen Innenbeleuchtung der Lupenbrille und durch die starken Linsen die Umwelt außerhalb der Brillengläser nicht mehr fixieren, der Unterdrückungsmechanismus kann nicht mehr wirksam werden. Dafür kann aber der Untersucher die Augen unter der Vergrößerung noch besser beobachten.

In manchen Fällen ist es nötig, die unwillkürlichen Augenrucke durch Lockerungsmaßnahmen wie Kopfschütteln oder bestimmte Lagen und Lagerungen zu provozieren. Eine neue, noch sicherere Methode zur Aufdeckung krankhafter Augenrucke ist die Anwendung von Vibrationsreizen. Lassen sich bei diesen Untersuchungen typische Nystagmen nachweisen, dann weiß der Arzt, daß eine Erkrankung im Gleichgewichtssystem vorliegt.

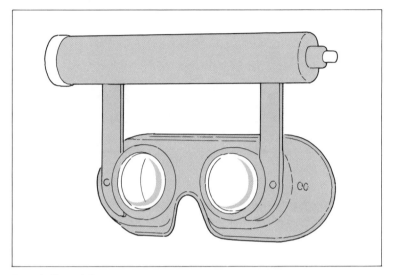

Abb. 9   Lupenbrille nach FRENZEL

═══ Aufzeichnungsverfahren für Augenbewegungen

Zum Aufzeichnen der Augenbewegungen gibt es eine in Kliniken, aber auch bei vielen HNO- und Nervenärzten in der Praxis verbreitete Methode, die sogenannte Elektronystagmographie (ENG). Sie ähnelt vom Prinzip her ein wenig einem Elektrokardiogramm (EKG). Werden beim EKG Herzmuskelströme aufgeschrieben, so sind es bei der
Elektronystagmographie Ströme, die durch Bewegungen des Augapfels
selbst produziert werden (Abb. 10). Dieses Verfahren, das auch mit geschlossenen Augen anwendbar ist, macht es möglich, Häufigkeit und
Stärke der Nystagmen genau zu messen. Da nur Ströme registriert und
verstärkt werden, die vom Körper (genauer gesagt, von den Augen)
ausgehen, handelt es sich also um ein unschädliches Verfahren. Dem
Körper werden dabei keine Ströme von außen zugeführt.

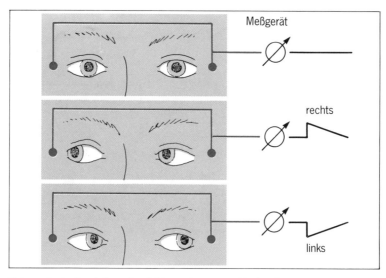

Abb. 10   Schematische Darstellung der elektronystagmographischen Registrierung von
Augenbewegungen

Reizverfahren

Nach der Suche von krankhaften Zeichen, wie sie in Ruhe oder
unter bestimmten Provokationen auftreten, führt man zur feineren Beurteilung des Gleichgewichtsregulationssystems gezielte Reizversuche
durch. Dabei werden Nystagmen ausgelöst, die in diesem Fall kein
krankhaftes Zeichen, sondern eine normale Reaktion darstellen.

Die Warm/Kaltspülung (Kalorisation) prüft seitengetrennt die
Funktion des Innenohrgleichgewichtsorgans.
Die galvanische Reizung prüft seitengetrennt die Funktion des
Gleichgewichtsnervs.
Der rotatorische Test prüft die Koordinationsleistung des
Gleichgewichtssystems im Hirnstamm.

Durch Spülung des äußeren Gehörgangs mit kaltem oder war-
mem Wasser kann man indirekt das Innenohrgleichgewichtsorgan, jede
Seite für sich, reizen. Die Temperatur für die Kaltreizung beträgt 30
Grad Celsius, für die Warmreizung 44 Grad Celsius. Bei dieser Prüfung

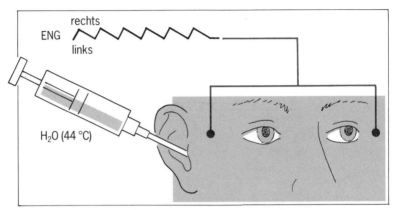

Abb. 11   Schematische Darstellung der Warmspülung zur Reizung eines Innenohrgleichge-
wichtsorganes mit Auslösung eines Nystagmus

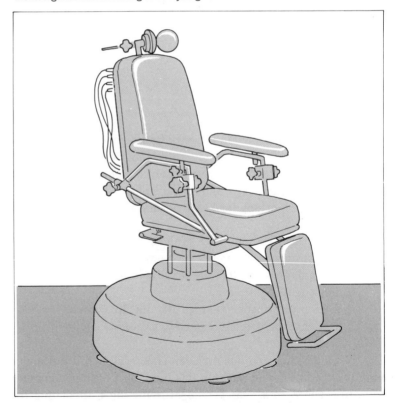

Abb. 12   Drehstuhl zur Durchführung der rotatorischen Prüfungen

tritt dann ein Nystagmus auf, der bei Warmreizung mit seiner schnellen Phase zum selben Ohr hin schlägt, bei Kaltspülung zur Gegenseite (Abb. 11). Durch Beobachtung dieser Reaktionen ist die Funktion des Innenohrgleichgewichtsapparates bei Gesunden und Kranken auf jeder Seite gut zu beurteilen. Es lassen sich Unterfunktionen oder sogar der vollständige Ausfall eines Innenohrgleichgewichtsorgans sicher erfassen. Diese Untersuchungen sollten entweder mit der Lupenbrille vorgenommen werden oder mit dem Registrierverfahren der Elektronystagmographie.

Es gibt aber auch eine Reizmöglichkeit, mit der die Leitfähigkeit des Gleichgewichtsnervs vom Innenohr in den Hirnstamm untersucht werden kann. Man benutzt dazu galvanischen Strom. Diese Methode ist recht wenig verbreitet, hat aber für die Aufdeckung einer Schädigung am Gleichgewichtsnerv große Bedeutung. Allerdings kann die Elektronystagmographie wegen Reizüberlagerung zur Aufzeichnung nicht verwandt werden.

Will man nun erfahren, wie die aus beiden Gleichgewichtsorganen des Innenohrs stammenden Informationen im Gehirn verarbeitet werden, so benutzt man dazu hauptsächlich Drehprüfungen. Der Patient sitzt dabei auf einem Drehstuhl (Abb. 12). Bei Drehung werden beide Gleichgewichtsorgane im Innenohr gleichzeitig gereizt. Anhand der am Auge auftretenden Reaktionen (Nystagmen) läßt sich abmessen, inwieweit die Reize ausreichend verarbeitet werden. So schlägt die schnelle Phase der Augenrucke bei einer Rechtsdrehung in Richtung der Drehung (also nach rechts), bei einer Linksdrehung eben zur linken Seite. Stoppt man nun den Patienten bei der Untersuchung ganz plötzlich, so wechselt die Richtung der Augenrucke. Im Normalfall fallen diese Reaktionen bei Rechts- und Linksdrehung gleich stark aus. Treten bei Patienten jedoch unterschiedliche Reaktionen bei Rechts- und Linksdrehung auf, so bedeutet dies, daß die Verarbeitung der aus dem Innenohr stammenden Reize in den Zentren des Gleichgewichtssystems gestört ist.

Für diesen Untersuchungsgang empfiehlt sich in jedem Fall die Aufzeichnung der Augenbewegungen mit der Elektronystagmographie (S. 40).

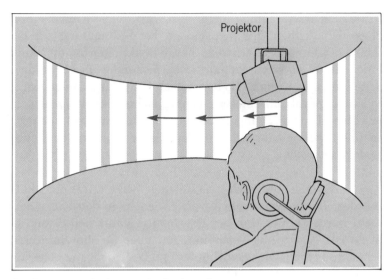

Abb. 13   Rundhorizont zur Auslösung schneller Augenbewegungen

Der menschliche Organismus verfügt über zwei Arten von Augenbewegungen: langsame und schnelle. Die langsamen lassen sich leicht mit einem Pendel oder mit dem langsam vor den Augen vorbeigeführten Finger prüfen.

Schnelle Augenbewegungen treten immer dann auf, wenn ein sich schnell bewegendes Blickziel die Netzhaut reizt. Für die klinische Untersuchung benutzt man eine Drehtrommel, auf deren Innenseite ein Streifenmuster oder andere Strukturen aufgebracht sind. Bei Gesunden tritt eine Abfolge von langsamen und schnellen Augenbewegungen auf, ein sogenannter »optokinetischer Nystagmus«. Weil er bei Zugreisenden, die aus dem Fenster schauen, zu beobachten ist, trägt er auch den Namen »Eisenbahnnystagmus«. Dieses Phänomen läuft unwillkürlich als Reflex ab (Abb. 13).

Die Untersuchung der Augenbewegungen trägt zu einer Unterscheidung von Störungen im Gleichgewichtssystem und im zentralen System der Augenbewegungen bei.

≡ Die Untersuchungen der Körperhaltung und der Körperbewegung

Bekanntlich ist das Gleichgewichtssystem auch an der Aufrechterhaltung der Körperhaltung und an der erfolgreichen Durchführung von zielgerichteten Körperbewegungen beteiligt. Deswegen müssen auch diese Funktionen bei einer gründlichen Untersuchung des Gleichgewichtssystems vom Arzt geprüft werden.

≡ Klinische Untersuchungsverfahren

Tests zur Untersuchung von Körperhaltung und Körperbewegung:
– Romberg-Stehversuch
– Unterberger-Tretversuch
– Blindgang

Eine der wichtigsten motorischen Funktionen des Menschen überhaupt ist das Stehen. Um den aufrechten Stand beurteilen zu können, bedient sich der Arzt eines standardisierten Tests, des Romberg-Stehversuchs. Der Patient muß dabei so stehen, daß sich die Füße innen berühren. Zur Erschwernis müssen beide Arme zur Horizontalen erhoben werden und die Augen geschlossen sein (Abb. 14). Während ein Gesunder in dieser Position ruhig stehen kann, kommt es bei Patienten mit Störungen im Gleichgewichtsregulationssystem zu auffälligen Körperschwankungen, manchmal mit Fallneigung in eine bestimmte Richtung.

Die ungerichteten Schwankungen weisen bereits darauf hin, daß eine Störung im Gleichgewichtssystem vorliegt, gerichtete Abweichungen und Fallneigungen erlauben sogar Rückschlüsse auf die Seite der Schädigung. So fällt der Patient immer nach der Seite, auf der der Innenohrgleichgewichtsapparat geschädigt ist (»der Kranke fällt ins Loch«).

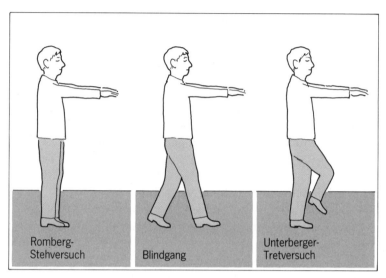

Romberg-
Stehversuch

Blindgang

Unterberger-
Tretversuch

Abb. 14   Schematische Darstellung des ROMBERG-Stehversuchs, des Blindgangs und UNTERBER-
GER-Tretversuchs

Eine andere sehr wichtige motorische Funktion für den Menschen ist die Fähigkeit, sich fortzubewegen. Jeder weiß, daß Menschen,
die sich nicht mehr allein fortbewegen können, auf fremde Hilfe und
Apparate angewiesen sind. Bei der ärztlichen Untersuchung überprüft
man das Gehen mit dem sogenannten Blindgang. Der Patient soll mit
geschlossenen Augen und erhobenen Armen auf einer gedachten gera-
den Linie laufen (Abb. 14). Auch bei diesem Test zeigt der Kranke im
Gegensatz zum Gesunden allgemeine Unsicherheiten oder Abweichungen in eine bestimmte Richtung. Ebenso wie für den Stehversuch gilt,
daß die Richtung der Abweichung auf die schlechter funktionierende
Seite des Gleichgewichtsapparates hinweist.

Noch besser lassen sich Störungen der Körpergleichgewichtsregulation mit dem Tretversuch nachweisen. Für diesen Test erhält der
Patient die Aufforderung, auf der Stelle (wiederum mit geschlossenen
Augen und erhobenen Armen) kräftig zu treten (Abb. 14). Der beim
Tretversuch geprüfte Bewegungsablauf ähnelt dem Gehen, zeigt aber
empfindlicher als der Blindgang Störungen des Gleichgewichtssystems
an. Die Beurteilung des Tretversuchs erfolgt nach den gleichen Ge-
sichtspunkten wie beim Blindgang.

In jedem Fall ist es wichtig, die oben beschriebenen Tests jeweils mit offenen und mit geschlossenen Augen durchzuführen. Der Arzt gewinnt damit eine Information, ob durch das Sehen eine Stabilisierung von Körperhaltung und Körperbewegungen erreicht wird. Bei bestimmten Krankheitsbildern, wie z. B. bei Kleinhirnerkrankungen, kann das Sehen die Körperhaltung nicht mehr stabilisieren, weil die Störung in diesem Koordinationszentrum selbst liegt.

Auch an anderen Bewegungen ist das Gleichgewichtssystem, wenn auch nur in geringerem Maße als beim Stehen und beim Gehen, beteiligt. Manche Ärzte prüfen daher auch Bewegungsabläufe wie Zeigen, Schreiben oder gezieltes Berühren von Gegenständen.

═══ Aufzeichnungsverfahren der Körperhaltung und Körperbewegung

Es ist wünschenswert, ähnlich wie für die Aufzeichnung der Augenbewegungen, Registriermöglichkeiten für die Körperhaltung und für die Körperbewegungen zu besitzen. Tatsächlich existieren Geräte, mit denen dies möglich ist. Allerdings sind sie nicht nur finanziell sehr aufwendig, sondern auch in ihrer Bedienung. Daher sind solche Untersuchungseinheiten in der ärztlichen Praxis bis jetzt nur selten anzutreffen, eher in großen Kliniken.

Eine bewährte Methode zur Aufzeichnung von Körperschwankungen ist die sogenannte Posturographie (Abb. 15). Mit dieser Methode können vor allem die Körperhaltung und unter bestimmten Bedingungen auch Körperbewegungen erfaßt werden. Das Prinzip ähnelt dem einer Körperwaage, bei der sich ja auch Körperschwankungen an den Zeigern (also am Meßgerät) ablesen lassen. Überträgt man dieses Prinzip auf ein genaues Meßsystem, so ist es möglich, Körperschwankungen – exakt gesagt, den Körperkraftschwerpunkt – aufzuzeichnen (Abb. 15).

Seit einigen Jahren setzt man zur Dokumentation von Körperhaltung und Körperbewegung auch Videokameras ein.

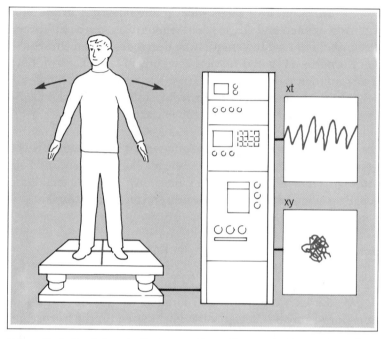

Abb. 15   Schematische Darstellung der Posturographie zur Messung der Körperhaltung. Über das Meßgerät lassen sich die Körperschwankungen im XY-Schema oder fortlaufend über die Zeit darstellen

Andere Systeme markieren mit Lichtern bestimmte Punkte des Körpers und zeichnen die Veränderungen dieser Markierungspunkte beim Stehen und bei Bewegungen mit einem Fotoapparat auf. Aus der Physik stammende Meßgeräte wie Beschleunigungsaufnehmer oder elektronische Winkelmesser werden nur in besonderen Zentren für wissenschaftliche Fragestellungen benutzt.

Es soll noch einmal hervorgehoben werden, daß für die Routineuntersuchung die einfachen Tests wie der Stehversuch, der Tretversuch und der Blindgang ausreichen. Aufzeichnungsverfahren sind für die klinische Diagnostik nicht unverzichtbar, ermöglichen aber eine Dokumentation, wie sie bei wissenschaftlichen oder auch gerichtlichen Fragestellungen verlangt wird.

Es hat sich bewährt, die Untersuchungsergebnisse möglichst schematisch zu erfassen. Viele Kliniken benutzen dazu Dokumentationsbögen, die die wesentlichen Befunde übersichtlich festhalten (Abb. 16, Seite 46).

Der Untersuchungsbogen für die Gleichgewichtsprüfung zeigt, daß sowohl subjektive Krankheitszeichen als auch die objektiven Zeichen der gestörten Augenbewegungen in einem Schema erfaßt werden. Der untersuchende Arzt hat die Aufgabe, die Beschwerden systematisch abzufragen und in das Schema einzutragen.

Das gleiche gilt für die Untersuchung der Augenbewegungen, wobei sowohl die Spontanzeichen als auch die Provokationszeichen berücksichtigt sind. Im unteren Teil der Abbildung werden die Reizverfahren schematisch erfaßt.

Störungen der Körperhaltung und der Körperbewegung werden bei den »Abweichbewegungen« vermerkt.

Mit einem solchen Untersuchungsbogen werden also die wichtigsten Krankheitszeichen übersichtlich dargestellt. Dem Arzt ist damit die Möglichkeit gegeben, alle wesentlichen Befunde für seine Diagnosestellung auf einen Blick zu erfassen.

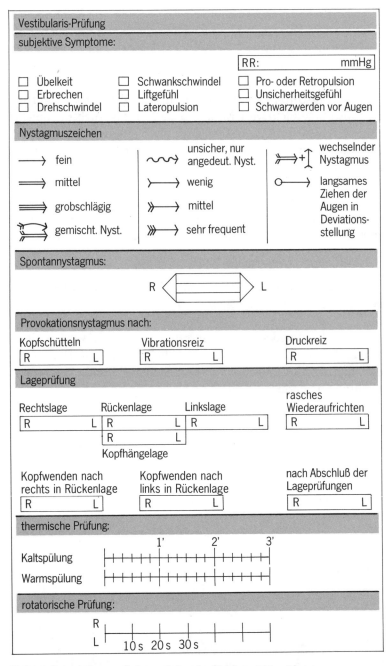

Abb. 16   Untersuchungsbogen zur Dokumentation der Gleichgewichtsprüfungen

Krankheitsbilder:
Ihre Ursachen und Diagnosestellung

Dieser Abschnitt des Buches will die wichtigsten Krankheitsbilder vorstellen, an denen das Gleichgewichtssystem im engeren Sinne beteiligt ist. Bei allen diesen Erkrankungen treten Schwindelbeschwerden in mehr oder weniger starkem Ausmaß auf. Wie wir in den vorangegangenen Kapiteln gesehen haben, setzt das Gleichgewichtssystem für ein normales Funktionieren einen gleichmäßigen Informationsfluß aus der Peripherie zu den Zentren beider Seiten voraus. Jede Störung auf einer Seite des peripheren Gleichgewichtsapparates, gleich welcher Ursache, wird also zu einem Ungleichgewicht in den Zentren führen und somit Schwindelbeschwerden auslösen. Natürlich können auch Erkrankungen in den zentralen Schaltstellen des Gleichgewichtssystemes von Schwindelbeschwerden begleitet sein. Gemeinsam ist allen Erkrankungen, daß die im Gehirn stattfindende Verarbeitung von Informationen aus dem Gleichgewichtssystem gestört ist.

Für Schwindelerkrankungen, deren Ursache aus der Augenheilkunde oder aus der Inneren Medizin stammt, erfolgt hier keine ausführliche Darstellung.

Es muß bei einer sorgfältigen Befragung des Schwindelpatienten immer auch nach einem möglichen Zusammenhang mit Augenerkrankungen geforscht werden. Wenn sich diesbezüglich Verdachtsmomente ergeben, muß eine augenärztliche Untersuchung veranlaßt werden.

Aus dem Bereich der Inneren Medizin gibt es zahlreiche Erkrankungen, die mit Schwindelbeschwerden, allerdings immer unsystematischen, einhergehen. Auch steht der Schwindel nur selten im Vordergrund der Klagen. Meist weisen andere Krankheitszeichen auf die richtige Diagnose hin.

Ein von Patienten unterschätztes, von Ärzten aber sehr ernst genommenes Problem stellt der Schwindel, auch hier meist ein unsystematischer, als Nebenerscheinung einer medikamentösen Therapie dar. Darum gehört auch die genaue Erfassung von Medikamenten, die in der letzten Zeit eingenommen wurden, zur Krankenbefragung.

≡ Mittelohrerkrankungen

Die unmittelbare Nachbarschaft von Mittelohr und Innenohr bedingt, daß Komplikationen von Mittelohrerkrankungen das Innenohr und damit das darin liegende periphere Gleichgewichtsorgan erreichen können (Abb. 17).

Folgende Mittelohrerkrankungen können zu Schwindelbeschwerden führen:
– akute Mittelohrentzündung
– chronische Mittelohrentzündung
– Verletzungen des Mittelohres

≡ Akute Mittelohrentzündung

In seltenen Fällen kann schon eine einfache akute Mittelohrentzündung über eine Durchwanderung von bakteriellen Giftstoffen im Innenohr zu Reizungen oder zu Zerstörungen von Sinneszellen führen.

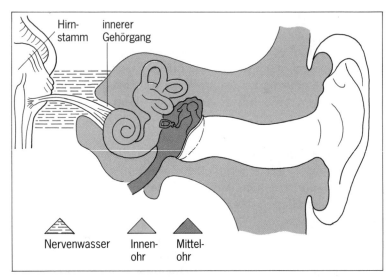

Abb. 17   Schematische Darstellung der Stationen, an denen Schwindelbeschwerden auf dem Gebiet der Hals-Nasen-Ohren-Heilkunde entstehen können

Der Patient bemerkt einen Drehschwindel; der Arzt findet die typischen Augenrucke (Nystagmen), die im Fall der Reizung zur kranken Seite schlagen, bei einer Schädigung des Fühlorgans zur gesunden Seite.

Die gründliche Untersuchung durch einen HNO-Arzt ermöglicht eine rasche und sichere Diagnose der akuten Mittelohrentzündung. Für diese Erkrankung ist neben Ohrenschmerzen das entzündlich gerötete Trommelfell typisch, das vom Hals-Nasen-Ohren-Arzt bei der Inspektion erkannt wird. Meist ist die akute Mittelohrentzündung von einer Schwerhörigkeit, einer Mittelohrschwerhörigkeit, begleitet. Selten tritt eine Innenohrschwerhörigkeit hinzu.

Die konsequente Therapie der akuten Mittelohrentzündung mit Medikamenten oder im Fall einer Beteiligung des Warzenfortsatzes durch eine Operation bringt im allgemeinen auch die Reizung des Gleichgewichtsapparates im Innenohr wieder zur Ausheilung. Zur Unterstützung der Heilung können Infusionen eingesetzt werden mit dem Ziel, die Innenohrdurchblutung zu fördern.

Chronische Mittelohrentzündung

Die chronische Mittelohrentzündung ist ein eigenständiges Krankheitsbild, das von Anfang an als chronische Erkrankung abläuft. Sie ist gekennzeichnet durch einen Defekt im Trommelfell, durch eine Mittelohrschwerhörigkeit und durch immer wieder aufflackernde Entzündungszeichen wie Ohrlaufen und leichte Ohrschmerzen (vgl. TRIAS: Hamann/Schwab: Schwerhörigkeit).

Bedrohlicher als bei einer akuten Mittelohrentzündung sind die Folgen einer chronischen Mittelohrentzündung mit Innenohrbeteiligung. Die dabei nicht selten auftretende tückische Knocheneiterung kann auch auf den an sich sehr harten Knochen des Innenohres übergreifen. Die dabei entstehenden Fisteln an der Wand des Innenohrgleichgewichtsapparates führen zu einem allmählichen Untergang von Zellen des Fühlorgans.

Die chronische Mittelohrentzündung kann über Jahre stumm verlaufen und macht sich erst durch Ausfluß aus dem Ohr und eine Schwerhörigkeit bemerkbar.

Der Kranke verspürt <u>als erstes Zeichen einer Komplikation</u> <u>Drehschwindel mit einer Fallneigung zur Seite des erkrankten Ohres.</u> Der Hals-Nasen-Ohren-Arzt kann bei der genauen Untersuchung des Ohres ein Loch im Trommelfell als Ausdruck der chronischen Mittelohrentzündung leicht feststellen.

Eine Beteiligung des Gleichgewichtsapparates wird durch Prüfung des sogenannten Fistelsymptoms erkannt. Dazu setzt der Arzt einen Ballon auf das äußere Ohr. Je nachdem, ob Druck oder Sog auf den Ballon ausgeübt wird, treten nämlich beim Vorliegen einer Fistel Augenrucke (Nystagmen) mit einem typischen Richtungswechsel auf. In einem solchen Fall ist eine schnellstmögliche operative Versorgung angezeigt. Geschieht dies nicht, besteht die Gefahr, daß der Krankheitsprozeß über das Innenohr hinaus fortschreitet und zu Komplikationen an den Hirnhäuten oder im Gehirn selbst führt. Schon um diese Komplikationsmöglichkeit auszuschließen, muß eine chronische Mittelohrentzündung immer einer operativen Sanierung zugeführt werden.

Verletzungen des Mittelohres

Bei Verletzungen des Mittelohres mit starker Gewalteinwirkung als Folge von Unfällen oder Schlägereien können durch Verkippungen des Steigbügels und seiner Fußplatte, also an der Trennstelle vom Mittelohr zum Innenohr, gleichfalls Drehschwindelbeschwerden und andere Zeichen der Innenohrbeteiligung auftreten (s. Seite 53).

Sind es vom Mittelohr ausgehende Erkrankungen, die Reizungen oder Ausfälle des Innenohrgleichgewichtsapparates hervorgerufen haben, so bestehen gute Aussichten, die Krankheiten und die Schwindelbeschwerden zum Verschwinden zu bringen, da die Ursache klar erkennbar ist und heutzutage erfolgversprechende Behandlungsmöglichkeiten mit Medikamenten oder Operationen zur Verfügung stehen.

☰ Innenohrerkrankungen

Innenohrerkrankungen, die zu Schwindel führen:
- Ausfall des Innenohrgleichgewichtsorgans
- Verletzungen des Innenohres
- MENIÈREsche Krankheit
- Lagerungsschwindel

☰ Ausfall des Innenohrgleichgewichtsorgans

> Der plötzliche Ausfall eines Innenohrgleichgewichtsorgans ist gekennzeichnet durch das akute Auftreten eines sehr heftigen Schwindels, verbunden mit Fallneigung zum kranken Ohr und Nystagmus zur Gegenseite.

Der typische Schwindel beim Ausfall des Innenohrgleichgewichtsapparates ist im allgemeinen ein Drehschwindel. Fast immer ist er von starkem Unwohlsein, meist sogar von Erbrechen begleitet. Der Patient fühlt sich »sterbenskrank«.

Diese Schwindelbeschwerden halten nicht nur Stunden an, sondern über Tage. Manchmal dauert es einige Wochen, bis sich das Schwindelgefühl deutlich abschwächt oder verschwindet (Abb. 7, Seite 31). Im Gegensatz zur MENIÈREschen Erkrankung bleibt das Gehör normal, Ohrgeräusche treten nicht auf.

Vom Ausfall des Innenohrgleichgewichtsapparates sprechen wir immer dann, wenn die Funktionsfähigkeit *einer* Seite erheblich eingeschränkt oder sogar völlig erloschen ist. Diese Funktionsbeeinträchtigung kann verschiedene Ursachen haben. So können es akut aufgetretene Durchblutungsstörungen in den feinen, das Innenohr versorgenden Gefäßen sein, aber auch Verletzungen oder Viruserkrankungen wie der Zoster des Ohres.

In den letzten Jahren haben besonders die Fälle, in denen eine Durchblutungsstörung als Ursache des Gleichgewichtsausfalls angenommen werden muß, deutlich zugenommen. Dafür werden verschiede-

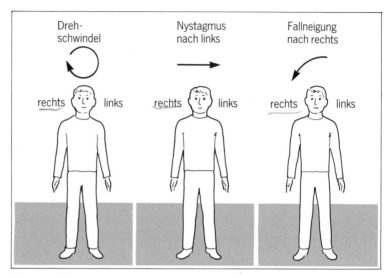

Abb. 18   Schematische Darstellung der Krankheitszeichen bei Ausfall des rechten Innenohrgleichgewichtsorgans

ne Faktoren angeschuldigt. So kann es sich um eine Fettstoffwechselstö-
rung handeln, ferner um immunologische Phänomene, Streßfaktoren
oder Erkrankungen des Herz-Kreislauf-Systems. Dieses Krankheitsbild
ist dem Hörsturz vergleichbar, dem akuten Ausfall der Hörfunktion im
Innenohr. Es ist auffallend, daß von dieser Krankheit ein bestimmter
Personenkreis mit besonders ausgeprägtem, manchmal übersteigertem
Verantwortungsgefühl bevorzugt betroffen ist. Man spricht daher auch
von der »Manager-Erkrankung« des Innenohres.

Das akute Auftreten der Drehschwindelbeschwerden in seiner
vollen Heftigkeit bringt den Patienten schnell in ärztliche Behandlung
und dann auch meist in die Klinik. Bei einer gezielten Untersuchung
lassen sich die Schwindelbeschwerden durch objektive Krankheitszeichen belegen. So findet sich fast immer ein heftig schlagender Nystagmus zur gesunden Seite bereits in Ruhe, der durch Provokationsmaß-
nahmen wie Kopfschütteln oder Vibrationsreize noch verstärkt wird
(Abb. 18). Der Nachweis der Funktionseinschränkung eines Innenohrgleichgewichtsapparates gelingt dann durch die Spülreizung mit
warmem und kaltem Wasser.

Aber auch die Körpermotorik ist beeinträchtigt. Der Kranke ist oft nicht in der Lage, ruhig zu stehen; er fällt zur Seite des erkrankten Innenohres. Den gleichen Befund erhält man beim Tretversuch und beim Blindgang (Abb. 18). Selbst wenn sich die eigentliche Ursache der Erkrankung nicht immer feststellen läßt, so ist die Funktionsbeeinträchtigung des Gleichgewichtsapparates im Innenohr immer gut nachweisbar.

Im Verlauf der Erkrankung kommt es zu einer gewissen Spontanerholung, die allerdings von Patient zu Patient unterschiedlich schnell abläuft. Die Rückbildung der Schwindelbeschwerden erfolgt dadurch, daß sich zum einen der Innenohrgleichgewichtsapparat wieder erholen kann, was an der Warmspülung ablesbar ist, zum anderen dadurch, daß die gesunde Gegenseite die verlorengegangene Funktion der kranken Seite übernimmt. Dank der Verbindungen zwischen den Gleichgewichtszentren beider Seiten im Hirnstamm stellt sich dort – durch ein kompliziertes Zusammenspiel bahnender und hemmender Einflüsse – ein neues Gleichgewicht ein.

Selbst wenn von der Natur langfristig Erholungs- und Ausgleichsvorgänge angelegt sind, verlangt der Patient im akuten Zustand nach einer Behandlung, um von seinen quälenden Beschwerden erlöst zu werden. Daher besteht die erste Behandlungsmaßnahme darin, den heftigen und oft unerträglichen Schwindel mit Medikamenten zu unterdrücken. Unter der Vorstellung, daß der Innenohrgleichgewichtsapparat für seine Erholung vermehrt wichtige Nährstoffe, vor allem Sauerstoff, braucht, versucht man, die Innenohrdurchblutung mit Medikamenten zu steigern. Um die spontan ablaufenden Erholungsvorgänge zu fördern, hat es sich bewährt, gleichzeitig mit der medikamentösen Therapie eine Übungsbehandlung (»Training gegen Schwindel«) durchzuführen (s. Seite 87).

Die anfangs hilfreichen, nur das Schwindelgefühl unterdrükkenden Medikamente dürfen jedoch nicht über einen längeren Zeitraum eingenommen werden. Sie hemmen nämlich die von der Natur vorgegebenen spontanen Erholungsmöglichkeiten, und auch die Trainingsbehandlung würde dadurch negativ beeinflußt. Daher empfiehlt es sich, nur in der Frühphase des Schwindels den Leidensdruck der Patienten dadurch zu mildern, daß man ihnen dämpfende Medikamente verabreicht. Diese sollten nach 2–3 Tagen abgesetzt werden, um dann die Trainingsbehandlung in Verbindung mit anderen Medikamenten, die die Erholungsvorgänge fördern, durchzuführen. Die Aussichten auf einen deutlichen Rückgang der Beschwerden, in vielen Fällen auf eine Heilung, sind sehr gut. Eine Operation kommt für dieses Krankheitsbild nicht in Frage.

Verletzungen des Innenohres

Der Innenohrgleichgewichtsapparat, der ja im härtesten Knochen des Schädels eingebettet ist, erscheint zunächst einmal gegenüber Verletzungen gut geschützt. Dennoch gibt es heute, im Zeitalter schneller Fortbewegungsmittel, Schädelverletzungen, die zu Innenohrschädigungen führen.

So kann es ähnlich einer Hirnerschütterung zur Innenohrerschütterung kommen. Dabei müssen nicht unbedingt Dauerschäden eintreten, aber vorübergehende Reiz- und Ausfallzustände können sich als Drehschwindel bemerkbar machen. Die Gewalteinwirkung führt zu einer Verletzung der Haarzellen des Innenohrgleichgewichtsapparates. In diesem Fall tritt das gleiche Beschwerdebild auf wie beim akuten Ausfall dieses Organs (s. Seite 51).

Eine besondere Schwindelform, die auf Verletzungen zurückgeführt werden kann, ist der gutartige Lagerungsschwindel, der gesondert abgehandelt wird (s. Seite 59).

Die stärkste Form der Innenohrverletzungen stellen sicherlich die seitlichen Schädelbasisbrüche dar, die in bestimmten Fällen – nämlich bei den Längsbrüchen – auch das Innenohr mit seinem dort liegenden Gleichgewichtsorgan erreichen (Abb. 19).

Neben dem Hörverlust – meist ist es eine Taubheit – tritt auch eine Einschränkung der Innenohrgleichgewichtsfunktion, deren Ausmaß je nach Verletzungsort unterschiedlich stark ist, mit den bereits geschilderten Beschwerden auf. Die Behandlung richtet sich nach dem

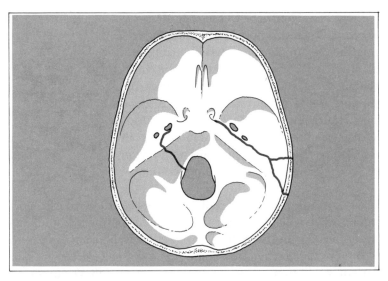

Abb. 19   Anatomische Darstellung der seitlichen Schädelbasisbrüche als Querbrüche (links) und Längsbrüche (rechts)

Schema, das für den akuten Ausfall des Gleichgewichtsorgans angegeben ist (Seite 87 ff.).

Die Querbrüche, die meist das Innenohr selbst unversehrt lassen, werden mit ihrem Beschwerdebild auf Seite 61 abgehandelt.

=== MENIÈRESche Erkrankung*

Die MENIÈRESche Krankheit ist charakterisiert durch das anfallsweise Auftreten von Schwindel (Drehschwindel) in Verbindung mit einer einseitigen Schwerhörigkeit und starken Ohrgeräuschen auf derselben Seite.

Neben der typischen Trias Schwindel, Schwerhörigkeit und Ohrensausen besteht beim MENIÈRESchen Anfall meist noch ein Druckgefühl im kranken Ohr. Die Anfälle dauern Minuten bis Stunden.

---

* P. MENIÈRE selbst benutzte diese Schreibweise, erst seine Söhne fügten einen zweiten Akzent hinzu.

Die eigentliche Ursache der MENIÈREschen Erkrankung ist nicht bekannt. Vermutet werden immunologische Vorgänge, Streßbelastungen, Entzündungen oder Durchblutungsstörungen. Man nimmt an, daß es durch einen dieser Faktoren im Innenohr zu einem Überdruck kommt, der sich unter den Zeichen eines Anfalls ausgleicht. Das Anfallsereignis selbst kommt dadurch zustande, daß durch den hohen Druck feine Häutchen im Innenohr einreißen und sich die Innenohrflüssigkeiten vermischen. Die dabei entstehenden Stoffmischungen sind für die Haarzellen der Fühlorgane giftig und reizen sie in unnatürlicher Weise, langfristig zerstören sie die Sinneszellen.

Am Beginn der Krankheit bilden sich die Symptome im allgemeinen noch vollständig zurück. In einem späteren Stadium bleiben die Ohrgeräusche und die Schwerhörigkeit zwischen den Anfällen bestehen, zu einem Dauerschwindel kommt es ganz selten. Der Verlauf ist von Patient zu Patient sehr unterschiedlich, so daß Voraussagen für den Einzelfall kaum möglich sind. Bei manchen Kranken wiederholen sich die Anfälle in Abständen von Wochen, bei anderen erst in Monaten oder Jahren (Abb. 7, Seite 31).

Nur in seltenen Fällen gelingt es, die MENIÈREsche Krankheit sicher nachzuweisen. Dies geschieht mit Hilfe bestimmter Hörprüfungen, bei denen elektrische Phänomene aus dem Innenohr abgeleitet werden, die bei bestimmten Werten den Überdruck im Innenohr belegen. Für die Diagnosestellung sind letztlich die typische Krankheitsgeschichte und der Ausschluß anderer Erkrankungen, vor allem von Geschwülsten im inneren Gehörgang (s. auch Seite 62), entscheidend.

Während des Anfalles selbst besteht bei dem Erkrankten nicht nur der als bedrohlich empfundene Drehschwindel, sondern als objektiv nachweisbares Zeichen auch ein Nystagmus in das erkrankte Innenohr. Meist kann der MENIÈRE-Kranke während des Anfalles nicht stehen und laufen, so daß er sich hinlegen muß. Ist der Anfall erst einmal abgeklungen, der Schwindel verschwunden, wechselt die Richtung des Nystagmus, die schnellen Rucke schlagen in das gesunde Ohr. Die experimentellen Prüfungen zeigen dann eine Unterfunktion der kranken Seite. Die anfänglich vorhandenen Körpergleichgewichtsstörungen verlieren sich recht schnell.

Die Behandlung der MENIÈREschen Erkrankung ist dadurch erschwert, daß man die Ursache der Krankheit nicht kennt. Behandlungsversuche, den erhöhten Druck im Innenohr zu senken, haben nicht den gewünschten Erfolg gebracht, vor allem keine Dauerheilung. Man versucht daher in erster Linie, die Krankheitszeichen selbst zu beeinflussen. Während des Anfalls verlangt der Kranke nur danach, daß ihm der so lästige Drehschwindel genommen wird. Dies läßt sich mit stark dämpfenden Medikamenten erreichen. Schwerhörigkeit und Ohrgeräusche werden dadurch allerdings nicht beeinflußt.

Unter der Vorstellung, daß an der MENIÈREschen Erkrankung eine Innenohrdurchblutungsstörung beteiligt sein könnte, vor allem aber in der Hoffnung, durch Antransport wichtiger Wirk- und Nährstoffe eine Erholung des kranken Innenohres herbeizuführen, versucht man, dort die Durchblutung zu verbessern. Man erwartet davon eine Erholung der Innenohrfunktionen, also von Hören und Gleichgewicht. Im weiteren Verlauf der MENIÈREschen Erkrankung muß sich der Patient meist mit der Schwerhörigkeit abfinden. Stärker machen ihm die Ohrgeräusche zu schaffen, die sich nur schwer therapeutisch beeinflussen lassen. Beruhigende Medikamente, eine Sauerstoffbehandlung oder auch die Iontophorese führen in einigen Fällen zum Erfolg, wobei sich allerdings Behandlungseffekte und Selbstheilung nicht trennen lassen.

Angeregt durch die Erfahrung, daß Ohrgeräusche leichter ertragen werden, wenn gleichzeitig Umgebungsgeräusche oder auch gedämpfte Musik vorhanden sind, hat man sogenannte Tinnitus-Masker entwickelt. Es handelt sich dabei um Geräte, die einem Hörgerät ähneln und das störende Geräusch durch ein anderes, leiseres Geräusch verdekken. Da sehr häufig das Ohrgeräusch mit einer Schwerhörigkeit einhergeht, hat es sich bewährt, ein Hörgerät mit dem Tinnitus-Masker zu kombinieren. Auch wenn es nicht immer gelingt, das quälende Ohrgeräusch völlig zu unterdrücken, läßt sich bei vielen Kranken wenigstens erreichen, daß die unerträglichen Geräusche toleriert werden können.

Tritt der Drehschwindel als Leiden in den Vordergrund, so bleibt – neben einer Übungsbehandlung (»Training gegen Schwindel«) und medikamentösen Behandlungsversuchen – die Möglichkeit der Ausschaltung des kranken Innenohrgleichgewichtsapparates. Der zen-

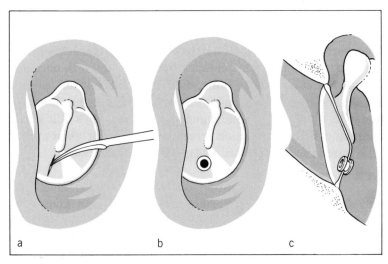

Abb. 20   Schlitzung des Trommelfelles (a), Paukenhöhlenröhrchen an typischer Stelle (b), Paukenhöhlenröhrchen im Trommelfell in seitlicher Ansicht (c)

trale Regulationsmechanismus im Hirnstamm bewältigt den völligen Ausfall eines Gleichgewichtsapparates eher als die Verarbeitung krankhafter Erregungen. Eine Ausschaltung läßt sich einmal durch Einbringen von bestimmten Stoffen in das Mittelohr erzielen, von wo aus sich diese Substanzen über die Mittelohrfenster in das Innenohr ausbreiten (Abb. 20). Die Dosis ist so gewählt, daß unter Erhaltung der Hörfunktion nur der Gleichgewichtsanteil im Innenohr zerstört wird. Eine andere Möglichkeit besteht darin, den Gleichgewichtsnerv durch eine Operation zu durchtrennen. Auch diese beiden radikalen Methoden erreichen leider nicht immer eine vollständige Heilung.

Wegen der speziellen Problematik dieser Erkrankung stellt der MENIÈRE-Kranke eine besondere ärztliche Aufgabe dar. Gerade hier gewinnen die psychische Führung und die Betreuung durch den Arzt und auch durch die Familie des Kranken eine herausragende Bedeutung.

≡ Lagerungsschwindel

Der gutartige Lagerungsschwindel ist gekennzeichnet durch sekundenlange Dreh- oder Schwankschwindelattacken bei Kopfbewegungen.

Der Lagerungsschwindel ist eine besonders häufige Schwindelform. Seine Entstehung wird heutzutage damit erklärt, daß Teile der Ohrsteinchen, deren dazugehörigen Sinnesorgane normalerweise für die Messung der geradlinigen Beschleunigungen zuständig sind, in das Bogengangssystem geraten sind und dort unnatürliche Erregungen erzeugen. Durch Unfälle oder Abbauvorgänge im Alter lösen sich Teile der Ohrsteinchen aus der Gallertmasse, in der sie verankert sind. Sie »schwimmen« dann frei in der Innenohrflüssigkeit und können regelrechte Pfropfe in den Bogengängen bilden. Bei Kopfbewegungen kommt es dann durch Druck und Sog zu übersteigerten Erregungen. Man findet den Lagerungsschwindel bei Erwachsenen, auch schon bei Kindern, oft nach leichten Schädelverletzungen, gehäuft aber bei alten Menschen.

In typischer Weise geben die Kranken an, daß der Schwindel schon bei einfachen, ganz natürlichen Kopfbewegungen auftritt, beispielsweise beim Nach-oben-Schauen oder beim Einschlafen, wenn man sich noch einmal von der einen Seite auf die andere dreht. Bei der Untersuchung versucht der Arzt, durch Kopflagerung den Schwindel, möglichst einen Nystagmus, zu provozieren. Dies gelingt jedoch nicht immer.

Der Lagerungsschwindel wird als gutartig eingestuft, weil er eine hohe spontane Heilungsrate aufweist. Eine gezielte Behandlung führt aber zu einer schnelleren Heilung. Dafür hat sich eine Übungsbehandlung als sinnvoll und erfolgreich erwiesen. Das Prinzip dieser Behandlung besteht darin, durch heftige Umlagerungen des Oberkörpers und damit auch des Kopfes zu versuchen, die »verirrten Ohrsteinchen« aus den Bogengängen wieder heraus an einen Ort im Innenohr zu befördern, wo sie keine krankhaften Erregungen auslösen können. Der Lagerungsschwindel hat von allen Schwindelformen die besten Heilungsaussichten (s. Seite 91).

≡ Erkrankungen des Gleichgewichtsnervs

Erkrankungen, die am Gleichgewichtsnerv auftreten:
- Entzündungen
- Verletzungen
- Tumoren

≡ Entzündungen des Gleichgewichtsnervs

Entzündungen des Gleichgewichtsnervs in seinem Verlauf vom Innenohr durch seinen knöchernen Kanal in das Gehirn führen zu Funktionseinschränkungen. Die Entzündungen sind meist durch Viren ausgelöst, seltener durch Bakterien.

Die Funktionseinbußen am Nerv führen zu dem gleichen Beschwerdebild wie teilweise oder vollständige Schädigungen des peripheren Gleichgewichtsapparates im Innenohr, d. h., daß die Patienten mit einem heftigen und akut aufgetretenen Drehschwindel den Arzt, häufig den Notarzt, aufsuchen. Die typischen Nystagmen sind in das gesunde Ohr gerichtet, die Erregbarkeitsprüfung (Spülung mit 30 °C und 44 °C Wasser) zeigt eine Unterfunktion oder einen Ausfall auf der kranken Seite. Auch Fallneigung und Gangabweichung sind zur kranken Seite hin gerichtet (vgl. Abb. 18, Seite 52).

Während die Funktionsbeschreibung sehr gut gelingt, ist der Nachweis der Entzündung nur selten zu führen. Einzig bestimmte Blutuntersuchungen weisen auf eine Entzündung hin, manchmal kann man Spuren der Erreger im Blut nachweisen.

Glücklicherweise haben die diagnostischen Schwierigkeiten keine direkten Auswirkungen auf die Behandlung. Diese entspricht derjenigen beim Ausfall des Innenohrgleichgewichtsapparates. Ziel muß sein, das Erregungsgleichgewicht im Hirnstamm, das wegen der Nervenentzündung gestört ist, durch eine Übungsbehandlung wiederherzustellen (vgl. S. 87 f.). Dabei kann eine medikamentöse Therapie unterstützend wirken. Auch für die Entzündungen des Gleichgewichtsnervs ist die Prognose außerordentlich gut. Meist kommt es zur Erholung der Nervenfunktion selbst, in den anderen Fällen wird im Hirnstamm der Ausgleich der Gleichgewichtsfunktion vorgenommen.

☰ Verletzungen des Gleichgewichtsnervs

Die seitlichen Schädelbasisbrüche können entweder als Längsbrüche oder als Querbrüche auftreten (Abb. 19, Seite 55). In beiden Fällen ist auch der Gleichgewichtsnerv in Gefahr. Bei den Längsbrüchen, die manchmal bis zum Mittelohr und Innenohr ziehen können (s. auch Seite 48 u. Seite 51), kommt es durch Blutungen oder durch den Verletzungsreiz zu einer Verquellung im Nerv und so zu einer Schädigung. Dies äußert sich als Unterfunktion oder als Ausfall der Funktion auf derselben Seite. Ist die Nervenfunktion bei den Längsbrüchen nicht vollständig ausgelöscht, ist die Prognose gut. Durch eine medikamentös betriebene Abschwellung bildet sich die Funktionsstörung des Gleichgewichtsnervs fast immer zurück. Die typischen Symptome der Schädigung, also die Schwindelbeschwerden, verschwinden allmählich.

Bei den querverlaufenden seitlichen Schädelbasisbrüchen kommt es nicht selten zu einer vollständigen Durchreißung des Gleichgewichtsnervs (Abb. 19). Damit ist natürlich die Informationsweitergabe vom Innenohrgleichgewichtsapparat an das Gehirn dauerhaft unterbrochen. Man hat dann das nun schon bekannte Bild des einseitigen Ausfalls eines Gleichgewichtsapparates vor sich (vgl. S. 51), was sich leicht mit der Warmspülung nachweisen läßt. Für den Patienten bedeutet dies heftigsten Drehschwindel, einen spontan auftretenden Nystagmus mit Richtung zur gesunden Seite und eine starke Fallneigung mit Umfallen zur kranken Seite (Abb. 18, Seite 52).

Eine Wiederherstellung der Funktion des Nervs ist auch auf chirurgischem Wege nicht möglich. Dank der Ausgleichsvorgänge im Hirnstamm kommt es hier zu Erholungen, die durch eine Übungsbehandlung noch unterstützt werden können (s. Seite 87 ff.).

Geschwülste des Gleichgewichtsnervs

Geschwülste des Gleichgewichtsnervs zählen zu den häufigsten Geschwülsten des Nervensystems überhaupt.

Es handelt sich bei den Geschwülsten des Gleichgewichtsnervs um langsam wachsende, gutartige Tumoren (sogenannte Akustikusneurinome), die durch ihren Druck zu Funktionsstörungen im inneren Gehörgang nicht nur am Gleichgewichtsnerv, sondern auch am Hörnerv führen; der Gesichtsnerv (Nervus facialis, VII. Hirnnerv) kann zusätzlich beteiligt sein, weil er zusammen mit dem Hör- und Gleichgewichtsnerv (Nervus vestibulocochlearis, VIII. Hirnnerv) im inneren Gehörgang verläuft.

Diese Geschwülste (Akustikusneurinome) machen sich zunächst nicht durch eine Gleichgewichtsstörung bemerkbar, sondern meist erst durch ihre Folgen am Hörnerv, also als Schwerhörigkeit. Dies liegt daran, daß eine einseitige geringe Schädigung am Gleichgewichtsapparat durch die zentralen Ausgleichsvorgänge kompensiert wird. Typische Schwindelbeschwerden sind fast nie vorhanden, eher Störungen des Körpergleichgewichtes. Wenn also eine einseitige Schwerhörigkeit ohne erkennbare Ursache besteht, muß bei diesen Patienten unbedingt die Gleichgewichtsfunktion abgeklärt werden, selbst wenn sie zunächst gar nicht über Schwindelbeschwerden klagen. Aber gerade die bei experimentellen Gleichgewichtsprüfungen festgestellte Unterfunktion auf einer Seite in Verbindung mit einer typischen Schwerhörigkeit, jedoch ohne Schwindelbeschwerden, legt den Verdacht auf eine Geschwulst am Gleichgewichtsnerv nahe. Mit Hilfe von speziellen Hörprüfmethoden, wie den in den Hirnstromkurven nachweisbaren, akustisch ausgelösten Antworten, vor allem aber durch moderne bildgebende Verfahren wie die Magnetresonanz (Kernspintomographie) ist es möglich, auch zu einem frühen Zeitpunkt eine Geschwulst am Gleichgewichtsnerv zu diagnostizieren. Da diese Geschwulst die verschiedensten klinischen Bilder zeigt, ist es notwendig, bei unklaren Schwindelbeschwerden durch eine gründliche Diagnostik einen Tumor des Gleichgewichtsnervs auszuschließen. Manch einem Patienten mag der große Aufwand in der Diagnostik unnötig erscheinen; er dient aber dazu, eine Geschwulst nicht zu übersehen. Geschieht dies nicht, wächst die Geschwulst in den Kleinhirnbrückenwinkel hinein. Sie kann durch ihre Größenzunahme auf lebenswichtige Nervenzentren im Gehirn drücken und so schwerste Komplikationen hervorrufen.

Wenn nämlich eine Geschwulst am Gleichgewichtsnerv nachgewiesen ist, muß sie durch eine Operation enfernt werden. Eine frühe Operation ist meist mit einem geringeren Risiko behaftet als die Entfernung großer Geschwülste.

≡   ## Schwindel bei Erkrankungen
des Zentralnervensystems

Es ist bereits ausführlich dargestellt worden (s. auch Seite 23), daß sich die Entstehung von Schwindelbeschwerden letztlich immer auf eine »zentrale« Verarbeitungsstörung von Informationen aus verschiedenen Sinnesorganen zurückführen läßt, auch wenn ihre eigentliche Ursache im Gleichgewichtsapparat oder am Auge oder an den Körpereigenfühlern zu suchen ist. Andererseits besteht natürlich die Möglichkeit, daß die ursächliche Erkrankung in den Verarbeitungszentren des Gehirns selbst liegt.

≡ Umschriebene Hirndurchblutungsstörungen

Bei Hirndurchblutungsstörungen ist Schwindel nie das einzige Krankheitszeichen.

Besondere Bedeutung besitzen mehr oder weniger umschriebene Durchblutungsstörungen in Gefäßen, die die Gleichgewichtszentren im Hirnstamm versorgen. Die dadurch hervorgerufenen Schwindelbeschwerden ähneln denen einer Funktionsstörung des Innenohrgleichgewichtsorgans. Es handelt sich also überwiegend um einen systematischen Schwindel wie Dreh- oder Schwankschwindel.

Da die Blutversorgung im Hirnstamm so beschaffen ist, daß das Gleichgewichtskoordinationszentrum nicht isoliert durchblutet wird, kann daher auch Schwindel nicht das einzige Krankheitszeichen sein. Vielmehr sind dann andere Hirnzentren mitbetroffen, was zu zusätzlichen Beschwerden führt wie Sehstörungen, Ohrensausen oder Lähmungen des Gesichtsnervs. Selbst wenn diese Symptome zunächst nicht im Vordergrund stehen, ist die Suche danach unerläßlich.

Die Trennung zwischen einer peripheren und einer zentralen Störung ist erst nach genauer Befragung des Patienten, vor allem aber durch eine sorgfältige Untersuchung des Gleichgewichtssystems mit Prüfung der spontanen Krankheitszeichen und mit Reizmethoden möglich. Manchmal bestehen Krankheitszeichen wie Augenrucke (Nystagmen) in der Vertikalachse, die nur bei Störungen des zentralen Koordinationssystems auftreten.

Behandlungsziel muß sein, die Durchblutungsstörungen zu bessern, möglichst wieder rückgängig zu machen, selbst wenn dies mit Medikamenten außerordentlich schwierig und nicht immer nachweisbar ist. Bei anhaltenden Funktionseinschränkungen empfiehlt sich dann eine Rehabilitation mit physikalischen Maßnahmen.

═══ Allgemeine Hirnleistungsstörungen

Auch bei generalisierten Hirnleistungsstörungen, also nicht nur bei den umschriebenen Formen, treten häufig Schwindelbeschwerden auf. Sie sind dem unsystematischen Schwindel zuzuordnen, also nicht durch Scheinbewegungen gekennzeichnet. Die Patienten klagen vielmehr über unbestimmte Gefühle wie Unsicherheit, Orientierungsstörungen im Raum, Benommenheitsgefühl oder Taumeligkeit. Manche Patienten geben auch nur an, daß sie ein sonderbares Gefühl im Kopf hätten oder sich betrunken fühlen. Alle diese Beschwerden deuten darauf hin, daß die regulierenden Zentren für die Orientierung und für die Aufrechterhaltung des Gleichgewichts in diffuser Weise beeinträchtigt sind.

In solchen Fällen liegen aber neben einer Einschränkung der räumlichen Orientierung noch andere Zeichen einer Hirnleistungsstörung vor. Meist handelt es sich dabei um Kopfschmerzen, Vergeßlichkeit, Ohrensausen oder Konzentrationsschwäche. Die typischen Zeichen einer Störung im peripheren Gleichgewichtsorgan wie ein Nystagmus oder eine gerichtete Fallneigung sind nicht zu beobachten.

Als Ursache für Hirnleistungsstörungen kommen zum einen Durchblutungsstörungen in Frage, zum anderen Abbauvorgänge im Nervensystem wie bei der Alzheimerschen Erkrankung. Dem erfahrenen Neurologen wird es möglich sein, die unterschiedlichen Hirnleistungsstörungen voneinander zu trennen.

Muß eine Hirndurchblutungsstörung als Ursache angenommen werden, besteht die Behandlung darin, über ein körperliches Training, über das Trainieren geistiger Funktionen (»Hirnjogging«), durch Unterstützung des Herz-Kreislauf-Systems und mit durchblutungsfördernden Medikamenten oder auch mit Aspirin auf die Erkrankung positiv einzuwirken.

Bei den degenerativen Erkrankungen sind echte Heilungen nicht möglich, es gelingt aber, durch Rehabilitationsmaßnahmen den körperlichen und geistigen Abbau aufzuhalten. Das Gehirn selbst verfügt über bedeutende Reserven vieler seiner Funktionen, die allerdings erst durch eine Übungsbehandlung nutzbar gemacht werden können. Zusätzlich werden »nootrope Substanzen« eingesetzt mit dem Ziel, durch eine Steigerung des Hirnstoffwechsels zu einer Wiedergewinnung verlorengegangener Leistungen des Zentralnervensystems beizutragen.

Geschwulsterkrankungen

Wenn Hirngeschwülste die Koordinationszentren für Orientierung und Gleichgewicht erfaßt haben, kann neben anderen Krankheitszeichen Schwindel auftreten.

Dies kann sich beispielsweise bei einer Geschwulst im Kleinhirn als systematischer Schwindel, also Scheinbewegungen mit Richtungsbetonung, äußern. Meist stehen jedoch Gleichgewichtsstörungen mit Fallneigung und starker Unsicherheit beim Gehen und Stehen im Vordergrund. Die sorgfältige Untersuchung der Augenbewegungen liefert die entscheidenden Verdachtsmomente für den Ort der Schädigung. Die Sicherung der Diagnose erfolgt heutzutage mit modernen bildgebenden Verfahren wie Computertomographie und Magnetresonanz.

Als Behandlung von Hirngeschwülsten kommt nur die Operation durch den Neurochirurgen in Frage.

Multiple Sklerose

Ein tückisches und schon im jugendlichen Alter auftretendes Krankheitsbild ist die Multiple Sklerose. Ohne ausführlich auf diese Erkrankung einzugehen, soll an dieser Stelle nur hervorgehoben werden, daß Schwindelbeschwerden unterschiedlicher Art manchmal das erste Zeichen dieser Erkrankung sein können. Der untersuchende Arzt muß also auch diese Möglichkeit in seine Überlegungen miteinbeziehen und nach weiteren Krankheitszeichen fahnden. Diagnosesicherung und Behandlung sind Aufgabe des Nervenarztes.

≡ Angstschwindel

Abzugrenzen von den organischen, nachweisbaren Störungen im Gleichgewichtssystem oder in einem seiner Teile ist der Angstschwindel.

Der Angstschwindel tritt als unsystematischer, ausnahmsweise auch als systematischer Schwindel in bestimmten angsterlebten Situationen auf.

Der Patient erlebt seinen Angstschwindel nur selten als Drehschwindel, eher als unbestimmtes Schwindelgefühl, das mit Angstzuständen verbunden ist. Bei der näheren Befragung erfährt dann der Arzt, daß diese Art von Schwindelgefühl in bestimmten Situationen auftritt. Der eine Patient bekommt seine Schwindelzustände in überfüllten Räumen, der andere gerade dann, wenn er sich allein in Räumen aufhält. Auch bestimmte Formen des Höhenschwindels oder der Bewegungskrankheit gehören in Wirklichkeit zum Angstschwindel.

Beim HNO-Arzt oder beim Neurologen ergeben selbst die empfindlichsten Untersuchungen keine faßbaren Zeichen einer Störung im Gleichgewichtssystem.

Die im ärztlichen Gespräch auftauchende Begleitproblematik ist meist richtungsweisend, so daß ein Psychiater eingeschaltet werden muß, der auch die Behandlung einleiten wird. Sie besteht entweder in einer Psychotherapie mit aufklärenden Gesprächen oder in einem Konditionieren, das heißt in einer Gewöhnung an die angsterlebten Situationen.

Insgesamt ist die Prognose des Angstschwindels, von Ausnahmen abgesehen, gut.

≡ Halswirbelsäulen-Schwindel

Ob Schwindelbeschwerden auch von der Halswirbelsäule ausgelöst werden können, ist eine noch immer umstrittene Frage.

Während die meisten Hals-Nasen-Ohren-Ärzte die Auslösung des Schwindels von einer kranken Halswirbelsäule aus für möglich halten und dies häufig diagnostizieren, halten Nervenärzte eine Verursachung von Schwindelbeschwerden durch die Halswirbelsäule für eher selten. Die Meinung der Orthopäden dazu ist geteilt.

Das Problem liegt darin, daß es keine typischen Beschwerden gibt, die auf eine Erkrankung in der Halswirbelsäule hinweisen. Leider ist auch keine Untersuchungsmethode geeignet, Beweise für den Zusammenhang zwischen Halswirbelsäulenerkrankung und Schwindelbeschwerden zu liefern. Die üblichen Verfahren zur Objektivierung von Schwindelbeschwerden mit Untersuchung der Augenbewegungen und der Körpermotorik haben ebenso versagt wie zahlreiche Röntgentechniken.

Eine Zeitlang hat man angenommen, daß das Auftreten eines »Halsnystagmus«, der durch Drehung des Körpers gegen den festgehaltenen Kopf auszulösen ist, das beweisende Krankheitszeichen darstellt. Inzwischen weiß man aber, daß dieser »Halsnystagmus« auch bei Gesunden vorkommen kann. Die Befürworter eines Halswirbelsäulen-Schwindels greifen letztlich auf manual-medizinische Untersuchungstechniken zurück. Sorgfältiges Abtasten des Halses und Prüfen der Halswirbelsäulenbeweglichkeit in den verschiedenen Richtungen erlauben Aussagen über Verspannungen, Reiz- oder Schmerzpunkte oder krankhafte Bewegungseinschränkungen der Halswirbelsäule. Andererseits bleiben diese Untersuchungen natürlich subjektiv und können daher bei verschiedenen Untersuchern zu unterschiedlichen Ergebnissen führen.

Kein Zweifel besteht darüber, daß Verbindungen von der Halswirbelsäule, nämlich von den Körpereigenfühlern in den Sehnen, Muskeln und Gelenken zum Gleichgewichtskoordinationszentrum im Hirnstamm bestehen. Selbst wenn diese Beziehungen nicht so stark ausge-

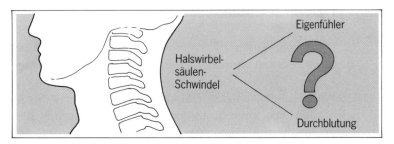

Abb. 21   Mögliche HWS-Ursachen bei Schwindelerkrankungen

prägt sind wie für das Auge, so tragen auch sie zur Funktionserfüllung von Raumorientierung, Augenbewegungen und Körpermotorik bei. Allerdings ist noch nicht erklärbar, warum ausgerechnet der schwächste Partner am Gesamtgleichgewichtssystem so starke Störungen hervorrufen soll, daß im Fall einer Erkrankung die stärkeren Partner nicht seine Funktion mitübernehmen.

Unbestritten ist, daß durch Behandlung der Halswirbelsäule, sei es durch Einspritzung von Medikamenten oder durch manualtherapeutische Handgriffe, Erfolge erzielt worden sind. Es bleibt aber offen, ob die Erfolge durch die Behandlung der Halswirbelsäule zustande gekommen sind oder ob nicht andere Krankheiten vorlagen, die von selbst ausgeheilt sind.

Solange das Problem der möglichen Verursachung von Schwindelbeschwerden durch die Halswirbelsäule nicht endgültig geklärt ist, muß man fordern, daß ernsthaft und kritisch weitergeforscht wird, zumal falsche und leichtsinnige manual-therapeutische Behandlungen auch schwere und fatale Schäden an der Halswirbelsäule hervorrufen können.

≡ Schwindel im Kindesalter

Auch von Kindern kann über Schwindelbeschwerden geklagt werden. Ab dem 3. Lebensjahr etwa kennen Kinder den Begriff Schwindel. Selbst wenn der kindliche Schwindel selten ist, verdient er Beachtung.

Hauptsächlich verbergen sich hinter dem kindlichen Schwindel zwei Krankheitsbilder:
– ein gutartiger Lagerungsschwindel oder
– ein Migräneschwindel.

Beim gutartigen Lagerungsschwindel (s. auch Seite 59) klagen die Kinder über kurze Attacken von Drehschwindel. Er tritt meist in Verbindung mit schnellen, ruckartigen Kopfbewegungen auf. Interessant ist, daß diese Kinder häufig eine leichtere Schädelverletzung wie z. B. eine Gehirnerschütterung hinter sich gebracht haben. Bei der Untersuchung findet der Hals-Nasen-Ohren-Arzt bei bestimmten Kopflageänderungen kurz anhaltende Augenrucke (Nystagmen). Diese Attacken sind als gutartig einzustufen, weil sie meist von selbst wieder verschwinden.

Das als Migräneschwindel angesehene Beschwerdebild tritt bei Kindern mehrfach am Tage (bis zu 10mal) auf und zeichnet sich durch seine kurze Dauer aus. Die spezielle Untersuchung des Gleichgewichtssystems zeigt keine objektiven Befunde. Langzeitbeobachtungen haben gezeigt, daß sich in manchen Fällen erst später eine typische Migräne ausbildet.

Bevor an eine spezielle Behandlung des kindlichen Schwindels zu denken ist, sollte der Arzt die Eltern der kleinen »Schwindelpatienten« ausführlich beraten. In einem aufklärenden Gespräch muß darauf hingewiesen werden, daß beide kindlichen Schwindelformen eine gute Prognose haben und in vielen Fällen sogar ohne ärztliches Zutun verschwinden.

Ist der Lagerungsschwindel jedoch hartnäckig, empfiehlt sich das auch bei Erwachsenen angewandte Lagerungstraining (s. auch

Seite 91). Wo die Schwindelbeschwerden Ausdruck einer kindlichen Migräneform sind – häufig liegt eine familiäre Belastung vor –, ist in seltenen Fällen eine Behandlung mit Migränemedikamenten angezeigt.

≡ Altersschwindel

Der Altersschwindel ist recht häufig. Er wird sowohl als systematischer wie als unsystematischer Schwindel angegeben und ist Ausdruck einer Mehrfachschädigung: am Innenohrgleichgewichtsorgan, am Gleichgewichtsnerv, vor allem aber in den Koordinationszentren des Gehirns.

Es ist auffällig, daß ältere Menschen häufiger als junge über Schwindelbeschwerden und Störungen der räumlichen Orientierung, verbunden mit Unsicherheitsgefühl, klagen. So geben zwei Drittel aller Frauen und ein Drittel aller Männer über 80 Jahren an, unter Schwindelbeschwerden zu leiden. Damit stellt sich die Frage, ob bestimmte Krankheiten, die mit Schwindelerscheinungen verbunden sind, im Alter vermehrt auftreten, oder ob auch Altersvorgänge im Gleichgewichtssystem selbst den Schwindel verursachen. Die in den vorangegangenen Kapiteln dargestellten Erkrankungen des Innenohrgleichgewichtsapparates (s. Seite 51 ff.) treten im Alter jedoch nicht häufiger auf.

Andererseits ist bekannt, daß Veränderungen durch normale Alterung an den Fühlorganen des Innenohres, am Gleichgewichtsnerv und im Gehirn selbst vorkommen. Diese altersbedingten Funktionseinbußen könnten natürlich für die Beschwerden verantwortlich sein.

Ursache für eine Art des »Altersschwindels« ist wohl, daß das Zusammenspiel der verschiedenen Sinnesorgane im Gehirn mit zunehmendem Alter beeinträchtigt ist.

Die meist unbestimmten und nur schwer zu beschreibenden Schwindelbeschwerden mit Unsicherheit und Desorientiertheit sind dann als Ausdruck einer allgemeinen Hirnleistungsschwäche zu sehen, häufig als Folge einer mangelhaften Durchblutung im Gehirn. Die Schwindelbeschwerden spiegeln demnach eine Mehrfachschädigung im Gehirn und seiner zugeordneten Sinnesorgane wider.

Bei allgemeinen und speziellen Untersuchungen lassen sich nur selten massive Funktionsstörungen im Gleichgewichtssystem nachweisen. Vielmehr treten Beeinträchtigungen der Koordinationsleistun-

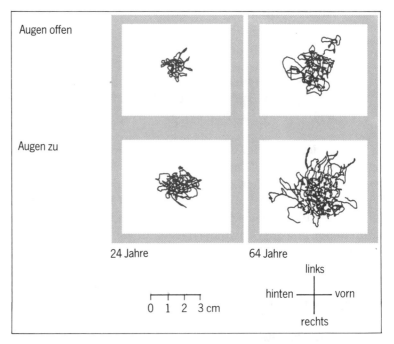

Abb. 22 Größere Körperschwankungen im Alter, dargestellt an Posturogrammen (s. Seite 38).

gen auf. Dies macht sich bemerkbar an unsymmetrischen Antworten im Drehtest, vergrößerten Körperschwankungen und Schwierigkeiten in der visuellen Orientierung (Abb. 22).

HNO-Arzt, Neurologe und Internist, vor allem aber auch der Allgemeinarzt stehen gemeinsam vor dem Problem einer sinnvollen Behandlung. Sie muß berücksichtigen, daß neben natürlicherweise ablaufenden Altersvorgängen zusätzlich Hirnleistungsstörungen vorliegen. Erfolgversprechend erscheinen Rehabilitationsmaßnahmen mit einer physikalischen Therapie (»Training gegen Schwindel«) in Verbindung mit hirnleistungsfördernden Medikamenten.

Eine andere, im Alter häufig zu beobachtende Form des Schwindels ist der Lagerungsschwindel (s. Seite 59). Durch Abbauvorgänge in den Fühlorganen der Vorhofsäckchen lösen sich Teile der Innenohrsteinchen aus ihrer Verankerung und gelangen in das Bogengangssystem, wo sie unnatürliche Erregungen bei Kopfbewegungen auslösen. Die beste Hilfe für diese Art des Altersschwindels ist das Lagerungstraining, durch das die »verirrten Teilchen« wieder aus dem Bogengangssystem hinausgeschleudert werden sollen (s. Seite 91).

Der Altersschwindel stellt in der heutigen Zeit wegen des Anstiegs der Lebenszeit ein immer wichtiger werdendes Problem dar, zum anderen aber auch wegen der eingeschränkten Erholungsmöglichkeiten von Sinnesfunktionen im höheren Lebensalter. Gerade aus diesem Grund erscheint die Behandlung mit einem Übungsprogramm in Kombination mit Medikamenten, die den Hirnstoffwechsel stimulieren, am ehesten erfolgversprechend.

≡ Höhenschwindel

Beim Höhenschwindel handelt es sich nicht um ein Krankheitsbild im eigentlichen Sinne, sondern um einen »physiologischen Schwindel«. Das bedeutet, daß dieses Schwindelgefühl unter bestimmten Bedingungen auch beim Gesunden auftreten kann.

Abgesehen von Angstzuständen mancher Menschen auf Bergspitzen oder Türmen, läßt sich bei jedem Menschen eine Unsicherheit des Körpergleichgewichts feststellen, wenn er sich in großen Höhen aufhält. Dies ist darauf zurückzuführen, daß eine Konfliktsituation zwischen den Meldungen vom Innenohrgleichgewichtsapparat und denen vom Auge entsteht. Die von beiden Sinnesorganen gemeldeten Bewegungsinformationen stehen bei großen Entfernungen nicht mehr in Einklang miteinander. Als Folge treten Unsicherheit und Körperschwankungen auf, die sogar meßbar sind. Allerdings ist die Empfindlichkeit gegenüber diesem Phänomen von Mensch zu Mensch unterschiedlich stark ausgeprägt. Man kann denjenigen Personen, die darunter leiden, nur empfehlen, nahegelegene Blickziele mit den Augen aufzusuchen, um so die gewohnten Bewegungsinformationen zu verstärken. Dann nämlich entsprechen sich wieder die Meldungen vom Auge und die vom Innenohrgleichgewichtsapparat gemessenen Bewegungen.

Um gefährliche Situationen im Hochgebirge zu vermeiden, sollte man bei einem Anflug von Höhenschwindel, gleich ob aus einem Angstgefühl heraus oder aus einem Sinneskonflikt entstanden, eine sichere Beobachter- und Halteposition einnehmen.

☰ Bewegungskrankheit

Auch die Bewegungskrankheit ist keine Krankheit im eigentlichen Sinne. Vielmehr handelt es sich um ein Beschwerdebild, das zwar vom einzelnen unterschiedlich stark empfunden, aber grundsätzlich bei jedem Menschen unter bestimmten Reizbedingungen ausgelöst werden kann.

Die Beschwerden der Bewegungskrankheit äußern sich im allgemeinen als Unsicherheitsgefühl (»Schwindel«), Übelkeit bis hin zum Erbrechen, ferner in Kaltschweißigkeit und Hautblässe. Sie können unter verschiedenen Bewegungsreizen auftreten: als Seekrankheit, Luftkrankheit, aber auch beim Autofahren. Daher benutzt man gerne den Sammelbegriff »Bewegungskrankheit«. Allen gemeinsam ist, daß es zu einer Reizung des Gleichgewichtsapparates kommen muß. Es hat sich nämlich gezeigt, daß bei komplettem Ausfall des Gleichgewichtsapparates auch keine Bewegungskrankheit auftritt.

Zur Erklärung der Reisekrankheit wird gleichfalls die Konflikttheorie herangezogen. Das bedeutet, daß die Meldungen aus dem Innenohrgleichgewichtsapparat im Widerspruch stehen zu anderen Sinnesmeldungen. Dies läßt sich leicht am Beispiel der Seekrankheit erläutern. Betrachten wir einen Passagier in seiner Schiffskabine bei starkem Seegang. Das Schiff schlingert stark, was sich natürlich auch auf den Passagier überträgt und von seinem Fühlorgan im Innenohr erfaßt wird. Sein Auge dagegen hat als einzigen Bezugspunkt das Innere der Schiffskabine (Abb. 23 links). Da sich das Schiff stark bewegt, bewegt sich natürlich auch die Schiffskabine in gleicher Weise mit. Das Auge hat aber keinen entsprechenden Bewegungseindruck. Die Bewegung des Schiffes zur Außenwelt, also zum Meer, kann vom Auge nicht wahrgenommen werden. Somit entsprechen die Meldungen aus dem Gleichgewichtsorgan nicht denen des Auges. Dieser vom Gehirn erfaßte Konflikt äußert sich unter dem Beschwerdebild der Seekrankheit (Abb. 23). Anders verhält es sich mit einem Segler, der in nicht allzu weiter Entfernung einen Bezugspunkt für das Auge hat, das ihm damit eine entsprechende Information über die Bewegung vermittelt (Abb. 23 rechts).

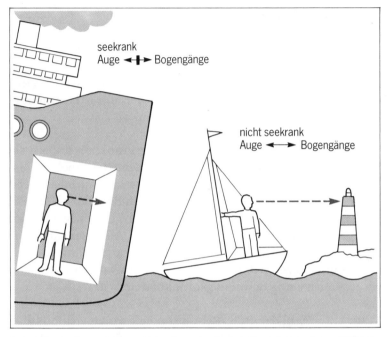

Abb. 23   Schematische Darstellung zur Entstehung der Seekrankheit. Auf der linken Bildhälfte erhält der Passagier keine Information über die Bewegung des Schiffes zur Außenwelt, auf der rechten Bildhälfte erhält der Passagier eine Information der Schiffsbewegung zur Umwelt

Die Erfahrung hat gelehrt, daß man sich ungewöhnlichen Bewegungsreizen anpassen kann. Damit eröffnen sich auch therapeutische Wege. Da Seeleute nicht mehr seekrank werden, wenn sie lange zur See gefahren sind, empfiehlt es sich auch für Menschen, die unter der Bewegungskrankheit leiden, durch entsprechende Übungen diesen Gewöhnungseffekt zu erreichen.

Die für die Behandlung von Bewegungskrankheiten empfohlenen Medikamente besitzen mehr oder weniger stark dämpfende Komponenten. Leider werden damit nicht nur Schwindelgefühle gedämpft, sondern auch wichtige zentrale Verarbeitungsvorgänge im Gehirn, so daß wiederum eine fehlerhafte Koordination mit Schwindelbeschwerden, aber auch allgemeine Müdigkeit entstehen kann. Daher ist Vorsicht geboten in der Auswahl der Medikamente, damit durch sie Verkehrsteilnehmer nicht gefährdet werden.

Die besten Erfolge bei der Bekämpfung der Seekrankheit sind mit Scopolamin erzielt worden. Es ist als sehr wirksames Medikament gegen Bewegungskrankheiten schon lange bekannt und steht seit einiger Zeit in neuer Anwendungsform zur Verfügung. Das SCOPODERM TTS wird als Pflaster auf die Haut hinter dem Ohr aufgeklebt. Von da aus wird es langsam in den Körper aufgenommen und freigesetzt. Die Wirkung hält über einen Zeitraum von 72 Stunden an, kann natürlich durch Entfernen des Pflasters nach Belieben verkürzt werden. Bemerkenswert ist, daß die Wirksubstanz auch bei Weltraumflügen zur Vorbeugung gegen die »Raumkrankheit« angewandt wird. Sie eignet sich bei der Seekrankheit sowohl zur Prophylaxe als auch zur akuten Behandlung.

Angstbezogene Beschwerden wie bei der Luftkrankheit sollten psychotherapeutisch mitbehandelt werden (s. Seite 68).

Alkohol und Gleichgewichtssystem

Alkohol gilt für den Menschen als das am weitesten verbreitete Genußgift, so daß es besonders wichtig ist, seine Wirkung auf das Gleichgewichtssystem zu kennen.

Zum einen besitzt Alkohol einen spezifischen Effekt auf das Gleichgewichtsfühlorgan im Innenohr.

In bestimmten Konzentrationen erreicht Alkohol die Fühlorgane und führt dort zu »falschen« Erregungen, die sich dann als der wohlbekannte Drehschwindel bemerkbar machen (Abb. 23). Dieser Effekt hält so lange an – manchmal über Stunden –, bis der Alkohol wieder aus dem Innenohr hinausgeschleust worden ist. Begleitet wird der Alkoholschwindel von typischen Augenrucken (Nystagmen), die in bestimmten Kopflagen leicht nachzuweisen sind. Und auch an der Körpergleichgewichtsregulation macht sich der Alkohol durch eine Unsicherheit beim Gehen und Stehen bemerkbar.

Zum anderen gibt es aber auch direkte Alkoholwirkungen auf das Gehirn und damit auch auf die Gleichgewichtszentren im Hirnstamm.

Der anregende Effekt kleiner Alkoholmengen beeinträchtigt die Regulationszentren im Hirnstamm nicht, erst höhere Konzentrationen lassen das Gleichgewichtssystem entgleisen. Besonders bei Schwindelkranken, die erfolgreich behandelt worden sind, kommt es durch das Zusammenbrechen des wiedererworbenen Regulationsmechanismus zum erneuten Auftreten von systematischem Schwindel, Nystagmen und Störungen von Körperhaltung und Körperbewegung.

Da die Grenze von unschädlicher zu schädlicher Alkoholmenge nicht scharf zu ziehen ist, einzelne Menschen sehr unterschiedlich reagieren, dies aber nicht selbst abschätzen können, muß bei Alkoholgenuß grundsätzlich der irritierende Effekt auf das Gleichgewichtssystem einkalkuliert werden. Abzuraten vom Alkoholgenuß ist in all den Fällen, bei denen eine Schädigung des Gleichgewichtssystems bekannt ist, auch wenn keine aktuellen Beschwerden vorliegen.

Abb. 24 Darstellung von W. Busch: Drehschwindel, wie er unter starker Alkoholeinwirkung auftreten kann

Selbst die vom Gesetzgeber festgelegte Grenze der Blutalkohol-konzentration für den Straßenverkehr stellt keine Garantie dafür dar, daß bei einem Wert unter 0,8 Promille keine Schwindelbeschwerden oder Gleichgewichtsstörungen auftreten können.

Der Schwindelkranke als Verkehrsteilnehmer

Bei dem Problem Verkehrssicherheit und Schwindel geht es hauptsächlich um zwei Fragen:

— *Inwieweit führen die Folgen von Verkehrsunfällen zu Schwindelbeschwerden?*

Grundsätzlich läßt sich bemerken, daß trotz der geschützten Lage des Gleichgewichtsorgans im Schädel und der Koordinationszentren im Gehirn bei schweren Unfällen immer die Gefahr einer Verletzung besteht. Diese kann sich als Innenohrerschütterung, als Knochenbruch oder als Gehirnerschütterung äußern. Ausführlich sind diese Themen bereits in vorangegangenen Kapiteln behandelt worden (vgl. Seite 48, Seite 54, Seite 61).

Die möglichen Beziehungen zwischen einem Unfall und den daraus resultierenden Schädigungen des Gleichgewichtssystems kommen in den Richtlinien für die Gutachtertätigkeit zum Ausdruck, wie die folgenden Prozentsätze zeigen:

■ Schwere, objektivierbare Störung des Innenohrgleichgewichtsapparates mit Unfähigkeit, zu stehen oder zu gehen, mit vegetativen Erscheinungen
Minderung der Erwerbsfähigkeit   100%

■ Objektivierbare Störung des Innenohrgleichgewichtsapparates mit Unfähigkeit, ohne Unterstützung zu stehen oder zu gehen, ohne vegetative Erscheinungen
Minderung der Erwerbsfähigkeit   80%

■ Objektivierbare Störung des Innenohrgleichgewichtsapparates mit erheblichem Belastungsschwindel, Unfähigkeit, mit geschlossenen Augen zu stehen oder zu gehen
Minderung der Erwerbsfähigkeit   40%

■ Objektivierbare Störung des Innenohrgleichgewichtsapparates mit gelegentlichem Belastungsschwindel, Unsicherheit bei plötzlichen Kopfdrehungen, Lageschwindel
Minderung der Erwerbsfähigkeit 10%
(nach H. Feldmann)

— *Inwieweit kann der Schwindelkranke am Straßenverkehr teilnehmen?*

Dieses Thema verdient wegen der Häufigkeit von Schwindelerkrankungen eine ausführliche Erörterung.

Wie wir wissen, gehören zum vollständigen Bild einer Störung des Gleichgewichtssystems neben dem Schwindel auch Störungen der Augenbewegungen und des Körpergleichgewichts. Dieser Zustand einer Gleichgewichtsstörung beeinträchtigt den Organismus insgesamt so, daß der Patient als Verkehrsteilnehmer nicht nur selbst stark gefährdet ist, sondern auch für die übrigen eine Gefahr darstellt. Allerdings verspürt ein Patient mit so starken Beschwerden wohl nur selten den Wunsch, sich dem Verkehr auszusetzen, schon gar nicht, ein Auto zu führen.

Anders stellt sich das Problem für den MENIÈRE-Kranken dar, der zwischen seinen Anfällen beschwerdefrei sein kann, aber nicht selten von einem Anfall überrascht wird. Hier ist dem Patienten mit bekannter MENIÈREscher Erkrankung und hoher Anfallshäufigkeit abzuraten, ein Fahrzeug zu führen.

Wir empfehlen daher, daß dauernde oder anfallsweise auftretende Gleichgewichtsstörungen zu den Krankheiten zu rechnen sind, die die Führung eines Kraftfahrzeuges ausschließen; dies trifft für das Führen von Krafträdern, PKWs, LKWs und Omnibussen in gleicher Weise zu.

Wie verhält es sich aber mit Patienten, die eine von Schwindel begleitete Erkrankung durchgemacht haben, danach aber nicht mehr über Gleichgewichtsstörungen klagen?

Hier muß die objektive Untersuchung des Gleichgewichtssystems die Entscheidung bringen. Finden sich noch Zeichen wie krankhafte Augenrucke (Nystagmen) oder Abweichungen in den Körpergleichgewichtsreaktionen, so muß dem Patienten das Führen eines Autos untersagt werden, selbst wenn er keine Schwindelbeschwerden mehr angibt.

Auch im umgekehrten Fall ist Vorsicht geboten: wenn subjektiv zwar noch Schwindelbeschwerden vorhanden, objektiv aber keine Störungen mehr nachweisbar sind. Denn es muß eingeräumt werden, daß die objektiven Tests nicht immer empfindlich genug sind, um geringe Fehlfunktionen aufzudecken. Das subjektive Beschwerdebild ist also unbedingt zu berücksichtigen, selbst wenn der Arzt annehmen muß, daß der möglicherweise bestehende krankhafte Befund äußerst gering ist.

Und schließlich muß gewarnt werden vor der Einnahme dämpfender Medikamente, wie sie leider auch heute noch gerne in der Langzeitbehandlung des Schwindels eingesetzt werden. Sie erzeugen oft Müdigkeit und mindern das Reaktionsvermögen im Straßenverkehr, erhöhen also das Risiko für den Kranken.

Weil nicht ausgeschlossen werden kann, daß ein Verkehrsunfall unklarer Ursache auf eine plötzliche und unerwartete Schwindelattacke oder auf die gegen den Schwindel eingesetzten Medikamente zurückzuführen ist, sollte der Schwindelkranke verantwortungsbewußt mit seinem Arzt klären, ob und in welchem Maße er am Straßenverkehr teilnimmt. Als Regel hat dann zu gelten, daß im Zweifelsfall dem Patienten das Führen eines Kraftfahrzeugs zu untersagen ist.

Behandlung von Schwindelbeschwerden

Soweit für die in den vorangegangenen Kapiteln dargestellten Krankheiten eine Behandlung der Ursache möglich ist, ist dies angegeben. Im folgenden soll nun auf grundsätzliche Behandlungsprinzipien bei Schwindel eingegangen werden.

Insgesamt stehen für die Behandlung von Schwindelbeschwerden drei Möglichkeiten zur Verfügung:
- die physikalische Therapie (Übungsbehandlung)
- die medikamentöse Behandlung
- die chirurgische Behandlung

Physikalische Behandlung

Trotz der sehr guten Möglichkeiten, die Funktionen des Gleichgewichtssystems zu messen und zu beschreiben, ist es leider in den meisten Fällen nicht möglich, die genaue Ursache der Erkrankung anzugeben. Der Arzt steht also manchmal vor dem Problem, ohne genaue Kenntnis der Krankheitsursache eine Behandlung einzuleiten. Andererseits existieren heutzutage gutbelegte Vorstellungen über das Entstehen der Schwindelbeschwerden. Sie lassen sich in den meisten Fällen auf einen allgemeinen Mechanismus zurückführen. Das Verständnis dieser Vorgänge schafft die Möglichkeit, auch ohne Kenntnis der eigentlichen Ursache unspezifisch bezüglich der einzelnen Krankheit, therapeutisch dennoch gezielt auf die Störung therapeutisch einzuwirken.

Das im Normalzustand geordnete Zusammenspiel verschiedener Sinnesorgane mit dem Ziel, die Orientierung im Raum, die Stabilisierung der Augen bei Kopfbewegungen und das Körpergleichgewicht aufrechtzuerhalten, kann durch Erkrankungen in den Fühlorganen empfindlich gestört werden. Dabei ist weniger bedeutsam, worin die Störung am Sinnesorgan besteht, als vielmehr die Tatsache, daß letztlich an den zentralen Koordinationsstellen die Störung der Informationsverarbeitung entsteht. Die ungewohnten, krankhaften oder ausgefallenen Informationen entsprechen nicht mehr dem gewohnten Informationsmuster, es kommt zu einem Sinneskonflikt. Der Organismus reagiert darauf mit Empfindungen von Schwindel in den verschiedenen Formen.

Zweck einer Behandlung ist es, krankheitsbedingte Leistungs-minderungen wieder auszugleichen. Für Störungen im Orientierungs-Gleichgewichtssystem reicht es aus, die Zentren im Gehirn so aufeinander abzustimmen, daß sie die aus der Peripherie kommenden Informationen entsprechend verarbeiten, so daß wieder erfolgreiche, zielgerichtete Reaktionen möglich sind. Es stellt sich daher die Frage, auf welche Weise man auf diese sich in den Zentren des Hirnstammes abspielenden Vorgänge Einfluß nehmen kann.

Das Nervensystem besitzt einige allgemeine Mechanismen, um Reizaufnahme, Reizweiterleitung und Reizverarbeitung so zu verändern, daß daraus biologisch sinnvolle Reaktionen resultieren. Dazu gehören die Übertragungsvorgänge von einer Nervenzelle zur anderen, die sich durch wiederholte Benutzung bahnen lassen. Andere Mechanismen, die schon bei primitiven Lernvorgängen eine Rolle spielen, sind Gewöhnungsvorgänge auf Dauerreize oder auf wiederholte Reize. Sie lassen sich natürlich auch therapeutisch einsetzen.

Die moderne Grundlagenforschung hat Anhaltspunkte dafür geliefert, welche Voraussetzungen gerade im Gleichgewichtssystem existieren, um gezielt therapieren zu können. So hat sich gezeigt, daß zwischen den Zentren beider Seiten im Hirnstamm ein Schaltmechanismus besteht, der von sich aus bei Ausfall oder bei Fehlinformation aus der Peripherie eigene Reparaturvorgänge in Gang setzt. Andere Experimente haben ergeben, daß über das Auge und auch über die Körpereigenfühler Meldungen in die Koordinationszentren des Hirnstammes gelangen. Dies bedeutet, daß Auge und Körpereigenfühler geeignet sind, im Sinne eines Ersatzes und Ausgleiches an den Reparaturvorgängen mitzuwirken. Auch für diese Feststellung, die für den Krankheitsfall gilt, gibt es inzwischen klare Beweise aus Experimenten der Grundlagenforschung.

Für die klinische Anwendung stellt sich die Aufgabe, Reize zu wählen, die direkt auf das zentrale Regulationssystem einwirken, um durch Ersatz und Übung wieder eine geordnete und sinnvolle Informationsverarbeitung zu gewährleisten.

Schon seit den 40er Jahren gibt es vor allem aus England Vorschläge für eine Übungsbehandlung. Leider hat dieses Therapieschema bis jetzt keine allgemeine Verbreitung gefunden.

Erst in den letzten Jahren ist von K.-F. HAMANN ein Übungsprogramm vorgelegt worden, das auf Vorschläge englischer und französischer Ärzte zurückgeht. Dieses Trainingsprogramm ist gegenüber den anderen Verfahren sehr gestrafft und soll möglichst gezielt bekannte Nervenbahnen, die zum Koordinationszentrum für das Gleichgewicht ziehen, im Sinne einer Funktionsförderung beeinflussen.

== Training gegen Schwindel

Das hier vorgestellte Programm benutzt Fixationsübungen, Bewegungsreize für das Auge, Drehreize sowie die Bewußtmachung von motorischen Lernmechanismen.

Die *Fixationsübungen* benutzen die von Tänzern bekannte Erfahrung, daß man beim Drehen des Körpers durch Fixieren eines festen Punktes mit den Augen den Schwindel weitgehend unterdrücken kann.

Für die Behandlung wird der Patient auf einen Drehstuhl gesetzt und mit gleichmäßiger Geschwindigkeit gedreht. Er soll dabei einen festen Blickpunkt so lange im Auge behalten, bis er ihn durch die Drehung aus den Augen verliert. Danach folgt eine ruckartige Kopfdrehung zur sofortigen Neueinstellung des bekannten Blickzieles (Abb. 25, 26).

Mit dieser Übung erfolgt eine kombinierte Reizung mehrerer Systeme. Zum einen werden durch die ruckartigen Kopfbewegungen die Gleichgewichtsorgane im Innenohr stimuliert, zum anderen der durch die Fixation mit den Augen ausgelöste Unterdrückungsmechanismus des Schwindels sowie die Körpereigenfühler der Halswirbelsäule, die bei Drehung des Kopfes gegen den Rumpf gleichfalls erregt werden.

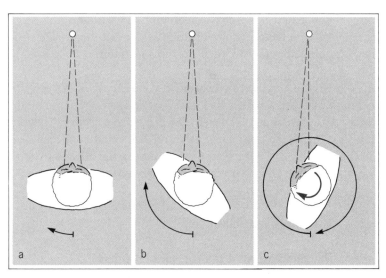

Abb. 25   Schematische Darstellung der Fixationsübungen beim Training gegen Schwindel
a) Beginn der Drehung, b) Drehung des Körpers, Augen können Fixationspunkt noch
fixieren, c) ruckartige Kopfbewegung zur Neueinstellung des Fixationspunktes

Mit sogenannten *optokinetischen Übungen* sollen verstärkt die
Verbindungen vom Auge zum Gleichgewichtssystem gebahnt werden,
da Verbindungen vom Auge zu den Gleichgewichtszentren existieren.
Dazu führt man dem Patienten ein sich schnell bewegendes Reizmuster
am Auge vorbei. Es treten bei ihm dann typische Augenrucke auf, wie
man sie auch bei einer Eisenbahnfahrt bei Mitreisenden beobachten
kann. Dieses Phänomen trägt deshalb auch den Namen Eisenbahnnystagmus. Es handelt sich um eine bei jedem gesunden Menschen auszu-
lösende Reaktion, die nicht mit dem krankhaften Spontannystagmus
verwechselt werden darf. Man weiß, daß diese Reize zu einer Erregung
in den Koordinationszentren für das Gleichgewicht führen. Somit eröff-
net sich ein weiterer Zugang zu den für die Regulation so wichtigen
Schaltstellen (Abb. 1) im Hirnstamm. Zur Durchführung dieses Trai-
ningsabschnittes wird dem Patienten ein Schwarz-Weiß-Streifenmuster
mit hoher Geschwindigkeit 10 Sekunden lang am Auge vorbeigeführt.
Die dabei auftretenden Augenrucke zeigen an, daß der Bewegungsreiz
vom Auge aufgenommen worden ist und auch die Gleichgewichtszentren
erreicht.

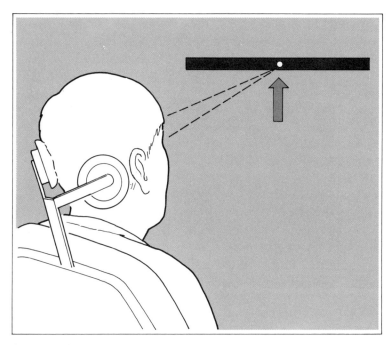

Abb. 26   Apparativer Aufbau zur Durchführung der Fixationsübungen

Eine weitere Übung hat zum Ziel, das System der *langsamen Blickfolgebewegungen* zu trainieren. Aufgabe des Patienten ist es, einem Pendel oder einem schwingenden Lichtpunkt erst allein mit den Augen, dann zusammen mit dem Kopf zu folgen (Abb. 27).

Schließlich soll durch Bewußtmachung von *motorischen Lernmechanismen* erreicht werden, daß auch die Körpereigenfühler verstärkt in das Gesamtsystem der Gleichgewichtsregulation mit einbezogen werden. Der Patient steht dazu auf einer gekippten Holzplatte und muß angeben, welche Muskelgruppen oder welche Gelenke er bei dieser Körperhaltung verspürt. Meist äußert es sich als ein Spannen oder Ziehen in den betroffenen Körperteilen. Der Patient erfährt auf diese Weise, welche Gruppen von Körpereigenfühlern er zur Aufrechterhaltung des Gleichgewichts einsetzt (Abb. 28).

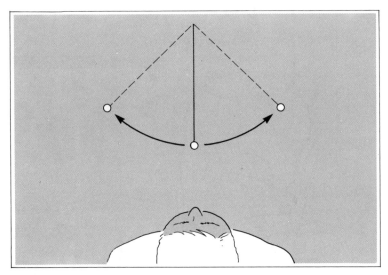

Abb. 27   Schematische Darstellung der Übungen für langsame Blickbewegungen

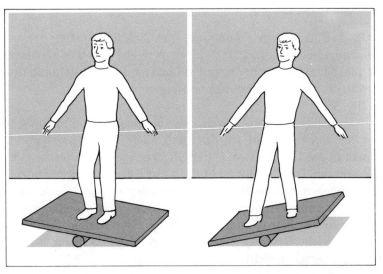

Abb. 28   Schematische Darstellung der Durchführung des motorischen Trainings

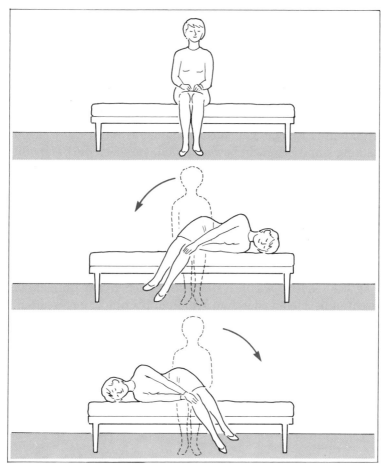

Abb. 29   Schematische Darstellung des Lagerungstrainings nach BRANDT und DAROFF

Das Trainingsprogramm ist so aufgebaut, daß im Organismus vorhandene Selbstreparaturmechanismen ausgenutzt und so stimuliert werden, daß dadurch Ausfälle oder Fehlfunktionen von Sinnesorganen, insbesondere vom Gleichgewichtsorgan, ausgeglichen werden kann.

═══ Lagerungstraining

Zur Behandlung des Lagerungsschwindels ist von Brandt und Daroff ein Lagerungstraining angegeben worden. Es hat zum Ziel, die Ohrsteinchen, die sich in das Bogengangssystem verirrt haben, durch heftige Schleuderbewegungen des Kopfes und des Oberkörpers wieder hinauszubefördern und im Innenohr an Stellen zu bringen, wo sie keine krankhaften Erregungen auslösen können. Selbst wenn sich diese Vorstellung empirisch nicht beweisen läßt, sprechen die Behandlungserfolge für die Richtigkeit dieser Annahme (vgl. Abb. 29).

═══ Andere Trainingsverfahren

Neben dem auf Seite 87 ff. empfohlenen Trainingsprogramm existieren zahlreiche, wenn auch unspezifische Vorschläge zur Stimulierung des Gleichgewichtssystems. Sie reichen von Empfehlungen zum Tischtennisspielen oder zum Waldlauf bis hin zu abgestuften Balanceübungen sowie Greif- und Fangübungen mit einem Ball. Auch bei diesen Behandlungsverfahren besteht das Ziel darin, die Steuerungszentren für Orientierung, Augenbewegungen und Körperhaltung durch vermehrten Gebrauch zu aktivieren.

≡ Medikamentöse Behandlung

Zur medikamentösen Behandlung von Schwindelbeschwerden können hier nur grundsätzliche Bemerkungen gemacht werden, da eine spezifische Behandlung wegen der fast immer unbekannt bleibenden Ursache nicht möglich ist.

Neben zahlreichen, meist nicht immer vernünftig begründeten Versuchen der medikamentösen Therapie haben sich zwei Prinzipien durchgesetzt:
– Unterdrückung der Schwindelbeschwerden
– Durchblutungsförderung und Hirnleistungsförderung

Seit Jahrzehnten besteht für die Behandlung von Schwindelerkrankungen eine der grundlegenden Überlegungen darin, wenigstens die Schwindelbeschwerden zu unterdrücken, auch wenn die eigentliche Ursache nicht bekämpft werden kann. Dies kann mit bestimmten dämpfenden Psychopharmaka geschehen. Es handelt sich dabei um Medikamente, die die Verarbeitung von Sinnesreizen im Gehirn hemmen. Da es bisher bei keiner Substanz geglückt ist, die Schwindelempfindung isoliert zu unterdrücken, ist bei diesen Medikamenten leider mit einer allgemeinen Dämpfung zu rechnen. Während einer stationären Behandlung im Krankenhaus mag dies noch vertretbar sein, bei den Anforderungen des täglichen Lebens in der heutigen Zeit treten jedoch Probleme auf. Bedeutsam ist vor allem, daß eine generelle Beeinträchtigung von Sinnesfunktionen zu verheerenden Folgen im Straßenverkehr führen kann.

Hinzu kommt noch eine andere Überlegung. Die im Körper in mehr oder weniger starkem Umfang natürlicherweise ablaufenden Erholungsvorgänge werden durch Medikamente, die Hirnfunktionen hemmen, negativ beeinflußt. Selbst wenn eine gewisse Befreiung von unangenehmen Schwindelgefühlen erreicht werden kann, läuft dies jedoch den ursprünglichen Behandlungsprinzipien entgegen, nämlich eine sinnvolle Verarbeitung der für die Koordinierung der Gleichgewichtsfunktionen notwendigen Informationen zu gewährleisten.

Somit verbietet sich eine langfristige Behandlung mit dämpfenden Medikamenten in der Behandlung von Schwindelbeschwerden. Einzig in der Akutbehandlung, wenn der Patient unter heftigen Schwindelbeschwerden leidet, ist eine Unterdrückung mittels beruhigender Medikamente auch weiterhin angezeigt.

Weit verbreitet ist immer noch die durchblutungsfördernde Behandlung, wobei der Gedanke zugrunde liegt, die Fühlorgane im Innenohr, den Gleichgewichtsnerv oder das Gehirn vermehrt mit Nährstoffen, vor allem Sauerstoff, zu versorgen, um Erholungen in der Peripherie oder auch an den zentralen Schaltstellen zu unterstützen. Für das Innenohrgleichgewichtsorgan des Menschen ist allerdings der Nachweis einer Durchblutungsförderung nicht zu führen, und auch Tierversuche liefern nur widersprüchliche Ergebnisse.

Ein vernünftiges Ziel der medikamentösen Therapie sollte es beim gegenwärtigen Stand der Kenntnis sein, Nervenzelleistungen in den Hirnstrukturen zu verbessern, die für die Steuerung des Gleichgewichtssystems, also die Informationsverarbeitung aus verschiedenen Sinnesorganen, zuständig sind. Dies erscheint denkbar durch Einflußnahme auf chemische Überträgerstoffe im Nervensystem oder durch ein erhöhtes Angebot von Nährstoffen für den Nervenzellstoffwechsel. Wenn man bedenkt, daß die Koordinationsvorgänge im Gehirn die entscheidende Rolle für das Funktionieren des gesamten Gleichgewichtssystems spielen, gewinnt dieses Behandlungskonzept eine vernünftige Begründung.

Ein neuerer Gesichtspunkt ist es, eine Übungsbehandlung wie das »Training gegen Schwindel« mit zentral aktivierenden Medikamenten zu kombinieren. Tatsächlich haben Untersuchungen mit dem Ginkgo-Biloba-Extrakt (TEBONIN FORTE) gezeigt, daß man den Erfolg des Gleichgewichtstrainings steigern kann. Es wurden zwei Patientengruppen verglichen, von denen eine zusätzlich zum Training das Medikament erhielt. Die Auswertung der Körperschwankungen ergab, daß hier eindeutige Verbesserungen der Körperhaltung erreicht wurden, wenn der Ginkgo-Biloba-Extrakt zusammen mit der Übungsbehandlung verabreicht wurde. Denkbar ist ein solcher Wirkmechanismus auch für andere Medikamente, die der Hirnleistungssteigerung dienen.

≡ Chirurgische Behandlung

Die chirurgische Behandlung von Schwindelbeschwerden hat zum Ziel, ein krankhaft funktionierendes Innenohrorgan auszuschalten. Dies kann auf zwei Wegen geschehen: mit einer chemischen Zerstörung des Innenohrorgans oder mit einer Durchtrennung des Gleichgewichtsnervs.

Die früher durchgeführten mechanischen Zerstörungen des Innenohrgleichgewichtsorgans durch eine Operation haben nicht immer eine vollständige Funktionsauslöschung erreicht. Daher bevorzugt man in den letzten Jahren die chemische Ausschaltung der Haarzellen des Innenohrgleichgewichtsapparates. Bestimmte das Innenohr schädigende Medikamente lassen sich über ein kleines Drainageröhrchen (Abb. 20, S. 58) in das Mittelohr bringen, von wo aus sie in das Innenohr eindringen. Man steuert die Dosierung so, daß nur der Gleichgewichtsanteil des Innenohres zerstört wird, der Höranteil jedoch möglichst erhalten bleibt. Allerdings gelingt es nicht bei allen Patienten, eine völlige Befreiung von den Schwindelbeschwerden herbeizuführen, selbst wenn der Gleichgewichtsapparat im Innenohr zerstört worden ist.

Eine andere chirurgische Methode durchtrennt den Gleichgewichtsnerv in seinem knöchernen Kanal zum Gehirn. Damit erfolgt in jedem Fall eine Abkopplung des Innenohrgleichgewichtsorgans vom Gehirn. Allerdings führt auch diese radikale Methode nicht immer zu einer vollständigen Beseitigung der Schwindelbeschwerden. Es ist anzunehmen, daß hier noch zusätzlich Störungen im Hirnstammkoordinationssystem vorliegen, die eine vollständige Heilung verhindern.

Es bestehen heutzutage also vernünftige Grundlagen für eine erfolgreiche Behandlung von Schwindelbeschwerden, ohne daß in allen Fällen eine vollständige Heilung des Patienten erzielt werden kann.

Allgemeine Verhaltensregeln für den Schwindelkranken

Soweit nicht schon bei den einzelnen Krankheitsbildern oder in den Kapiteln über die Behandlung Ratschläge für den Schwindelkranken gegeben worden sind, sollen hier zum Umgang mit Schwindelbeschwerden einige grundsätzliche Empfehlungen folgen.

Schwindelbeschwerden jeder Art müssen vom Arzt abgeklärt werden!

Da »Schwindel« nur ein Alarmzeichen ist, muß die auslösende Krankheit festgestellt werden, um die geeignete Behandlung einzuleiten. In seltenen Fällen kann Schwindel das erste Zeichen einer Geschwulsterkrankung sein.

Lange Bettruhe verhindert die natürlichen Erholungsmöglichkeiten bei Schwindelbeschwerden.

Während sich der Kranke im akuten Schwindelzustand durch Hinlegen vor unkontrollierten Reaktionen schützen kann, hemmt die mit der langfristigen Bettruhe verbundene Inaktivität die Koordinationszentren des Gleichgewichtssystems und unterdrückt so die körpereigenen Erholungsmöglichkeiten. Amerikanische Wissenschaftler der NASA haben gezeigt, daß man bei Gesunden allein durch 7 Tage Bettruhe das Koordinationssystem des Gleichgewichts empfindlich stören kann.

»Training gegen Schwindel« auch zu Hause fortsetzen!

Im Anschluß an eine ambulante oder stationäre Behandlung soll der Patient körperliche Aktivitäten weiterführen. Er kann entweder das »Training gegen Schwindel« in vereinfachter Form oder leichte sportliche Aktivitäten dazu benutzen. Zu empfehlen sind Waldlauf oder Tischtennisspielen, die positiv auf das Gleichgewichtssystem einwirken, grundsätzlich aber auch andere ungefährliche Sportarten.

Bei Schwindelbeschwerden dämpfende Medikamente nicht lange einnehmen!

Nur im akuten Zustand sind dämpfende Medikamente zur Unterdrückung des Schwindelgefühles gerechtfertigt. Über lange Zeit eingenommen, hemmen sie die von der Natur vorbereiteten Erholungsmöglichkeiten im Gleichgewichtssystem.

Alkohol und Nikotin meiden!

Auch wenn Alkohol, in geringen Mengen getrunken, zu den anregenden Genußgiften zählt, kann der Verbraucher nur selten diese Grenzen einhalten. Dann kehrt sich aber der ursprünglich aktivierende Effekt um und wirkt wie ein dämpfendes Medikament. Außerdem dringt Alkohol in das Innenohrgleichgewichtsorgan ein und schädigt es.

Nikotin verengt die Blutgefäße. Folglich wird so der Transport wichtiger Nährstoffe zu allen für die Gleichgewichtsregulation wichtigen Organen behindert, was die Heilungschancen erheblich verschlechtert.

Kaffee und Tee sind erlaubt!

Solange keine allgemeinmedizinischen Gründe die Aufnahme von Coffein verbieten, kann Kaffee- oder Teetrinken sogar empfohlen werden. Der den Wachheitsgrad fördernde Effekt wirkt sich im gleichen Sinne auf die Koordinations- und Kontrollzentren im Hirnstamm aus.

Vorsicht im Straßenverkehr!

Da Schwindelbeschwerden eine Orientierungsstörung und für den Gesamtorganismus eine erhebliche Belastung darstellen, muß der Schwindelkranke als Verkehrsteilnehmer besondere Vorsicht walten lassen.

Fachwörterverzeichnis

Akustikusneurinom

gutartige Geschwulst der Hör-
Gleichgewichtsnerven

Allergisch

krankhaft überempfindlich auf
unterschiedliche Reizstoffe

Alzheimersche Erkrankung

Krankheit des zentralen Nervensystems, die gekennzeichnet ist
durch Abbauvorgänge höherer
geistiger Funktionen

Bakterien

Kleinstlebewesen, häufig Krankheitserreger

Benigne

gutartig

Bogengänge

anatomische Struktur des Innenohres, beherbergt Fühlorgan für
Drehbeschleunigungen

Computertomographie

bildgebendes Röntgenverfahren
zur Darstellung von Körper-
schichten mit Hilfe einer Rechen-
anlage

Diagnose

Krankheitsbezeichnung

Drainageröhrchen

Kleine, kragenknopfähnliche
Röhrchen, die über einen kleinen
Schnitt ins Trommelfell gelegt
werden und so einen Abfluß von
krankhaften Flüssigkeitsan-
sammlungen aus dem Mittelohr

ermöglichen, aber auch zum Einbringen von Medikamenten benutzt werden können

EKG (Elektrokardiographie)

Registrierung der Herzmuskel-
aktivität

ENG (Elektronystagmographie)

Registrierung der Augen-
bewegungen mittels Elektroden

Endolymphe

Flüssigkeit im häutigen Teil des
Innenohres

Fistel

krankhafte oder künstliche
Körperöffnung

Galvanische Reizung

Reizung des Gleichgewichtsorgans mit Gleichstrom

Herzinfarkt

plötzlich auftretende Durchblutungsstörung des Herzmus-
kels mit Funktionsstörungen

Herzrhythmusstörungen

unregelmäßiges Schlagen des
Herzens

Hirnrinde

»höchste« Struktur des Zentralnervensystems, Ort bewußten
Empfindens

Hirnstamm

tiefgelegene Struktur im Gehirn,
arbeitet als Reflexzentrum

Immunologie

Lehre von immunologischen Vorgängen, d. h. von Reaktionen des Organismus gegen Fremdstoffe im Sinne einer Abwehr- und Schutzfunktion, aber auch gegen körpereigene Stoffe

Innenohr

anatomische Struktur im Felsenbein des Schädels, enthält peripheres Hör- und Gleichgewichtsorgan

Internist

Spezialist für Erkrankungen der inneren Organe

Iontophorese

Einbringen von Substanzen mit elektrischer Polarität durch Anlegen einer elektrischen Spannung

Kalorische Reizung

Reizung des Gleichgewichtsorgans mit Wärme oder Kälte

Kleinhirn

in der hinteren Schädelgrube liegender Teil des Gehirns, Regulationszentrum besonders für motorische Vorgänge

Lateropulsion

Gefühl, zur Seite gezogen zu werden

Magnetresonanz

bildgebendes Verfahren, das die elektromagnetischen Eigenschaften von Atomen benutzt

Menièresche Erkrankung

Erkrankung des Innenohres mit Anfällen von Schwerhörigkeit, Schwindel (meist Drehschwindel) und Ohrgeräuschen auf einer Seite

Migräne

anfallsweise auftretende, halbseitige Kopfschmerzen

Motorik

willkürliche aktive Bewegungsabläufe

Multipe Sklerose

Erkrankung des Nervensystems mit unterschiedlichen Beschwerden wie Schwindel, Fühlstörungen, Schmerzen, Augenmuskellähmungen

Neurochirurg

Spezialist für die chirurgische Behandlung von Erkrankungen des Nervensystems

Neurologe

Spezialist für Erkrankungen des Nervensystems

Neuronopathia vestibularis

akut auftretende Funktionsstörung des Gleichgewichtsapparates oder des Gleichgewichtsnervs

Nystagmus

Folge von ruckartigen, unwillkürlichen Augenbewegungen, bestehend aus einer langsamen und einer schnellen Phase

Optokinetisch

durch bewegte Blickziele ausgelöst

Orthopäde

Spezialist für Erkrankungen des Skelettsystems

Paroxysmal

anfallsartig

Perilymphe

Flüssigkeit zwischen dem häutigen und dem knöchernen Teil des Innenohres

Peripheres Nervensystem

Nerven außerhalb des Hirnschädels

Physikalische Behandlung

Behandlung mit natürlichen Mitteln wie beispielsweise Gymnastik, aber auch mit physikalischen Methoden

Plastische Vorgänge

Veränderungen von Funktionen des Nervensystems

Posturographie

Registrierverfahren für die Körperhaltung

Prognose

Vorhersage über den Verlauf einer Erkrankung

Prophylaxe

Vorbeugung vor Erkrankungen

Propriozeptoren

Körpereigenfühler in Sehnen, Muskeln, Gelenken und Eingeweiden

Psychopharmaka

Medikamente, die seelische Reaktionen beeinflussen

Rehabilitation

Wiederherstellen von geistigen und körperlichen Funktionen nach Krankheiten

Rotatorische Reizung

Drehreizung

Schnecke

anatomische Struktur im Innenohr, enthält das Hörorgan

Steigbügel

Gehörknöchelchen des Mittelohres

Tinnitus-Masker

Gerät zur Verdeckung von Ohrgeräuschen

Trias

gemeinsames Auftreten von 3 Krankheitszeichen

Tumor

Geschwulst

Vestibularapparat

Vorhofsapparat des Innenohres mit Bogengängen und Ohrsteinchen

Viren

nicht selbständig lebensfähige Krankheitserreger

Visuell

zum Sehsystem gehörend

Vorhofsäckchen

anatomische Struktur im Innenohr, Fühlorgan für geradlinige Beschleunigungen

Warzenfortsatz

Knochen hinter dem Ohr

Zentralnervensystem

Schaltstrukturen des Nervensystems in Gehirn und Rücken-
mark

Zoster des Ohres

Viruserkrankung mit Befall der
Hör-/Gleichgewichtsnerven

Sachverzeichnis

Vom gleichen Autor erschien im Springer Verlag, Heidelberg

K.-F. Hamann, Training gegen Schwindel

1987, 95 S. Brosch. DM 34,–, ISBN 3-540-17298-X

Inhaltsübersicht: Einleitung. – Physiologie. – Kompensation. – Vestibuläres Training. – Medikamentöse Therapie.

Das Buch gibt erstmalig eine Gesamtübersicht über Trainingsverfahren bei der Behandlung des Schwindels.

Hamann/Schwab: Schwerhörigkeit. TRIAS